톱스타의 킬링필드

톱스타의 킬링 필드 5

초판 1쇄 인쇄일 2017년 4월 21일 | **초판 1쇄 발행일** 2017년 4월 25일

지은이 권하율 | **펴낸이** 곽동현 | **담당편집 팀장** 이범수
편집부 신연제 이윤아 홍현주 김유진 조서영 임소담 정요한

펴낸곳 (주)조은세상 | **출판등록** 제 2002-23호
주소 경기도 연천군 미산면 청정로 1355
TEL 편집부 02)587-2966 | FAX 02)587-2922
e-mail bukdu@comics21c.co.kr

권하율 ⓒ 2017
ISBN 979-11-5832-971-6 | ISBN 979-11-5832-857-3(set) | 값 8,000원

톱스타의 킬링필드

Hell is coming

5

권하율 퓨전판타지 장편소설

NEO FUSION FANTASY STORY

북두
(주)좋은세상

권하율 퓨전판타지 장편소설

NEO FUSION FANTASY STORY

CONTENTS

Hell is coming

톱스타의 킬링 필드

Hell is coming

chapter 1. 죽음의 안개

Hell is coming

chapter 1. 죽음의 안개

파그극-

짧은 부유감과 함께 곧 발바닥으로 지붕이 와 닿는다.

충격과 함께 일부 부서져 흘러내리는 기왓장들을 털어내며 균형을 잡은 강혁은 위를 보며 재차 외쳤다.

"어서 뛰어내리라고! 빨리!"

"하지만… 흐흑!"

"잡아줄 테니까! 빨리! 거기 있으면 죽는다고!"

여전히 결단을 내리지 못하는 두 사람을 보며 강혁은 피를 토하듯 외쳤다.

[남은 시간: 4초….]

남은 시간은 이제 불과 4초 정도.

바로 그때였다.

"뛰, 뛸게요!"

먼저 결단을 내린 것은 의외로 네리아 쪽이었다.

네리아는 입술을 질끈 깨무는 것 같더니 이내 지붕 위를 내달려 몸을 던지듯 뛰어내렸다.

"꺄악!"

급격히 가라앉는 부유감에 비명이 터진다.

하지만 네리아는 금세 진정할 수 있었다.

"걱정 마. 잡았으니까."

강혁이 떨어져 내리는 네리아의 몸을 받아들며 지붕의 안쪽으로 끌어당겼기 때문이었다.

낙하감이 주는 공포를 완전히 밀어내지 못한 듯 동그래진 눈으로 올려다보는 네리아를 안심시키며 강혁은 재차 여관 지붕으로 시선을 향했다.

"봤지? 잡아줄 테니까! 뛰어!"

"하, 하지만⋯."

연신 손짓을 했지만 헤더는 요지부동이었다.

높은 곳을 좋아한다고 말한 주제에 정작 고소공포증이 있었던 건가.

[남은 시간: 1초⋯.]

제길. 강혁은 욕설을 머금었다.

이제는 되돌릴 수 없는 상황에 직면한 것이다.

마침내 짧았던 카운트의 숫자가 0을 가리키고 소멸했다.

"못해요. 전 못한다고요!"

헤더는 이제 울먹거리기까지 하며 고개를 내젓고 있었다.

아무도 없는 지붕 위에 혼자 남겨진 것이다.

'무슨 일이 벌어지는 거지?'

강혁은 이를 악물며 헤더의 모습을 주시했다.

시스템에서 내민 경고이니 결코 그냥 넘어갈 리는 없기 때문이다.

바로 그때였다.

"저는… 저… 끄흑!?"

울먹거리며 말을 이어가던 헤더가 돌연 숨이 넘어가는 듯한 소리를 내며 크게 덜컥였다.

"끅, 끄륵, 케, 케헤에… 케엑!"

순식간에 헤더의 얼굴이 붉게 변했다.

누군가 목을 조르고 있기라도 한 것처럼 핏줄이 불거지고 얼굴이 터질 것처럼 붉게 변해가고 있는 것이다.

처음 방향을 잃고 허우적거리던 두 손은 이제 목을 계속해서 긁어대고 있었다.

생존을 갈구하는 본능적인 움직임.

하지만 긁어대는 손끝에 걸리는 것이 있을 리는 없었다.

지금 그녀가 겪고 있는 현상은 처음부터 시스템의 경고를 어긴 대상에게 가해지는 일종의 벌칙과도 같은 것이었으니까.

"제, 제발… 살려… 살… 꼐헤에엑!"

강혁과 시선이 마주치자 헤더는 손을 뻗으며 도움을 요청했다.

하지만 강혁은 그 시선을 외면했다.

도울 방법이 있었더라면 진즉에 움직였을 테니까.

"케, 케헤엑, 케헤에에…!"

마침내 호흡이 한계에 달했는지 갈 곳을 잃은 두 팔이 허공을 마구 휘젓는다.

얼굴은 이미 붉다 못해 시커먼 느낌이 들 정도로 잔뜩 피가 몰린 상태.

'끔찍하군.'

눈알이 튀어날 것처럼 잔뜩 부풀어있고 벌어진 입 사이로는 혓바닥까지 길게 흘러내리고 있는 모습을 본 강혁은 고개를 내저었다.

그리고는 아예 몸을 돌려 그녀의 최후를 외면하려는 순간이었다.

우두두둑―

"꺄아아아악!"

관절이 한꺼번에 뒤틀어지는 듯한 소리와 함께 커다란 비명이 울렸다.

반사적으로 고개를 돌려보자 허공에 떠오른 채로 팔 다리의 관절이 괴상한 방향으로 뒤틀어져서는 부들부들 떨고 있는 헤더의 모습이 보인다.

찌지지직-

무언가의 힘에 의해 몸을 가리고 있던 옷가지들이 산산이 찢겨지고 그 안에 감추어져 있던 매혹적인 알몸이 드러났지만 그 어디에도 이전의 매력은 찾아볼 수 없었다.

관절은 어긋나 있었으며 새하얀 알몸에는 실시간으로 칼자국들이 새겨지며 저며지고 있었기 때문이었다.

"꺄아아악! 꺽, 끄흑! 케흐흑! 끄르르륵…!"

쉼 없이 몰아치는 고통에 비명을 질러대던 헤더의 몸이 간질이라도 걸린 것처럼 들썩거리더니 이미 충혈되어 반쯤은 튀어나온 것처럼 보이는 눈가와 벌어진 입술의 사이로 핏물이 흘러나오기 시작했다.

겉은 물론이고 내부적으로도 망가져가고 있는 듯한 모습.

그 완벽한 파괴의 현장에서 강혁은 역설적으로 시선을 피할 수가 없었다.

"흑, 흐흑…!"

네리아는 애초부터 눈과 귀를 가린 채로 흐느끼고 있었다.

만약 이게 꿈이라면 제발 이 지독한 악몽에서 벗어나게 해달라고 빌면서 말이다.

"꺼흐으으…."

짧은 순간 만에 헤더는 완전한 고깃덩이처럼 변하고 말았다.

이제 더는 평범한 인간의 모습이라고는 볼 수 없는 형태.

헤더는 공포마저 초월한 듯 넋이 나가서는 핏물 섞인 침을 질질 흘려대고 있었다.

'…끝난 건가?'

드디어 모든 고문이 멈추어진 듯한 광경에 강혁이 섣부른 판단을 내리고 있을 때였다.

"쿡, 쿠헤에에…!"

벌어진 입가로 다시금 대량의 핏물이 뿜어져 나왔다.

그리고 다음 순간이었다.

"이런 미친!"

강혁은 욕설과 함께 시선을 돌리고 말았다. 그녀의 몸 전체가 꽈배기라도 된 것처럼 허공에서 뒤틀어지고 있었기 때문이었다.

뒤틀어지는 흐름에 따라 신체를 구성하는 뼈대와 내장기관들이 아무렇게나 으깨지며 의미없는 고깃덩이로 변해간다.

[고오오오옹-!]

순간 정체를 알 수 없는 무언가의 울음소리가 하늘 가득 울려 퍼졌다.

그와 동시에 여관의 지붕 위로 안개들이 몰려들었다.

정확히는 붉은색의 살점 덩어리를 향해 몰려드는 안개들.

슈화아아아-

덩어리를 감싼 안개는 순간 시커먼 색깔로 변하는가 싶더니 이내 썩은 핏물과 같은 색채로 바뀌었다. 그리고 이내 돌풍이 일며 붉게 변한 안개가 토네이도처럼 하늘 위로 피어오르기 시작했다.

"크윽!"

떨어져 있는 강혁의 머리칼마저 휘날리게 만들 만큼 매섭게 돌아가는 바람이 주변의 모든 것을 뒤흔들고 있었다.

그렇게 몇 초가 지났을까.

"……!?"

강혁은 돌연 모든 돌풍이 멎어들었음을 깨달았다.

그리고 전해져오는 선명한 기척에 지붕 위로 시선을 향한 강혁은 재차 욕설을 머금고 말았다.

"키헤에에…!"

지붕 위로 알몸의 여인이 서 있었기 때문이었다.

온 몸 가득 붉은색의 칼자국들이 새겨져 있는 육감적인 가슴을 지니고 있는 여성.

그녀는 2미터는 되어 보이는 신장을 지니고 있었는데, 마치 괴담 속에 나오는 팔척귀신처럼 비상식적으로 길고 빼빼마른 팔 다리를 하고 있었다.

매혹적인 형태를 하고 있는 몸체와 비교하면 기괴하면서도 묘하게 어울리는 것처럼 보이는 모습.

"망할…."

강혁은 그녀가 누군지 한 눈에 알아볼 수 있었다.

아무렇게 흘러내린 잿빛의 머리칼로 가려져 있는 얼굴의 사이로 드러난 콧등과 입술의 모습이 분명 기억에 있었기 때문이었다.

'헤더!'

나타난 알몸 여인의 정체는 다름 아닌 헤더였다.

다만 이제는 인간이 아닌 살인마가 된 모습의 헤더말이다.

〈살인마 출현! 이제부터 살인마는 당신을 추격합니다. 잡히지 않도록 조심하세요.〉

허공에 새겨진 경고문을 굳이 읽을 것도 없이 상황을 파악한 강혁은 곧장 돌아서서 네리아를 붙잡아 일으켜 세웠다.

"정신 차려! 이제부터가 진짜니까."

"네? 그, 그게 무슨 말이죠?"

눈물로 얼룩진 얼굴로 정신을 차리지 못하고 되묻는 네리아의 말을 무시한 채 강혁은 창을 소환해 곧장 지붕을 후려쳤다.

콰지직—

단번에 박살이 나며 사람이 한 둘은 충분히 지날 수 있는 구멍이 만들어진 것을 확인한 강혁은 네리아를 붙잡은 채 곧장 아래로 뛰어내렸다.

뚝—

그와 동시에 주변을 흐르던 안개와 바람의 흐름은 물론 움직이던 모든 것이 다시 멈추었다.

[시험(2): 죽음의 안개]

–안개가 살인마들을 만들어내고 있습니다. 그들에게서 달아나세요.

–시간이 가면 갈수록 살인마들의 숫자는 계속해서 늘어나게 되니 빠르게 안개 밖으로 벗어나는 편이 좋습니다.

(조언: 피할 수 없다고 즐길 수는 있는 건 아닙니다. 하지만 그것을 오롯이 마주할 수는 있지 않을까요.)

두 번째의 시험 내용을 확인한 강혁은 우선 안도의 한숨을 내쉬었다.

적어도 이번에는 카운트가 붙지 않았기 때문이었다.

카운트가 없는 이상 꽁지에 불이라도 붙은 것처럼 급하게 뭔가를 할 필요는 없는 거니까.

'그렇다고 해서 느긋한 상황은 아니지만.'

다시금 시간의 흐름을 확인하며 강혁은 텅 빈 집안의 곳곳을 살피며 잠시 생각을 정리하기 시작했다.

두 번째 시험의 내용은 살인마들의 추격을 피해 안개 속에서 벗어나라는 것.

듣기에는 간단해보여도 결코 만만한 상황은 아니었다.

'살인마들을 떨쳐내는 건 둘째치고서라도……'

애당초 벗어나야만 하는 안개지대의 범위가 어디까지인지조차 알 수가 없는 상황이었기 때문이다.

'게다가….'

무엇보다 조언의 내용이 자꾸만 신경을 거슬렀다.

피할 수 없으니까 마주 하라니…. 대체 무엇을 마주하란 말인가.

"젠장."

생각을 이어가던 강혁은 결국 명쾌한 답을 구하지 못하고 상념에서 깨어났다. 지금 이 순간에도 위기는 시시각각으로 다가오고 있을 테니까.

더 이상 머뭇거리고 있을 시간은 없었다.

집안에서 마땅히 쓸 만한 물건을 발견하지 못한 강혁은 이내 품속에서 은제 단검들 중 하나를 꺼내 네리아에게 건넸다.

"…이건?"

"무기지."

"네?"

"잘 들어. 이제부터 난 밖으로 나갈 거야."

밖으로 나간다는 말에 네리아는 잔뜩 겁을 집어먹은 표정이었다. 강혁은 한숨과 함께 말을 이었다.

"밖에는 괴물들이 돌아다니고 있으니까 분명 위험할 테고. 그러니까 넌 여기에 있어도 좋아. 어쩌면 여기에 있는 게 더 안전할 지도 모르고."

"네? 하, 하지만!"

네리아는 방금 전 이상으로 크게 반응하고 있었다.

그런 그녀의 눈을 똑바로 쳐다보며 강혁은 계속해서

말을 이었다.

"어느 쪽을 택하든 결국 네 선택이야. 다만 어느 쪽으로 가든 네 목숨은 스스로 지키라는 거야. 이제부터는 나도 목숨을 걸어야만 할 테니까."

다소 매정한 말이었지만 이것이 현실이었다.

강혁은 결코 정의의 사도 같은 존재가 아니었으니까.

"선택해."

철저히 선을 긋는 듯한 말에 네리아는 조금 충격을 받은 것 같은 표정을 지었다.

하지만 이내 네리아는 단검을 받아들었다.

그리고는 떨리는 목소리로 말을 잇는 것이다.

"저도 싸울게요. 그러니까… 제발 절 버리지 말아 주세요."

가녀리다 못해 처연하기까지 한 네리아의 각오에 강혁은 말없이 손을 뻗어 그녀의 머리 위로 손바닥을 얹었다.

"역시 아무 것도 보이질 않는군."

네리아와 함께 집 밖으로 나온 강혁은 안개로 가득한 길목을 훑으며 미간을 좁혔다.

그야말로 한 치 앞도 구분하기 어려운 상황.

랜턴의 불빛에 의지하면 조금은 나아질 수도 있겠지만

살인마라고 하는 확실한 추격자가 생긴 이상 그런 멍청한 짓을 할 수는 없었다.

'살인마가 내가 아는 그것들이라면……'

살인마들은 피 냄새에 민감하며 소리나 냄새 역시 추적해 온다.

때문에 한 자리에 가만히 있을 경우 금세 따라잡힐 수 있으며 맞닥뜨릴 경우 평범한 인간들은 희생자가 될 수밖에 없는 것이다.

하지만 놈들을 회피하는 방법이 없는 건 아니었다.

'호흡을 멈춘다.'

가까운 거리에 있어도 살인마들은 호흡만 멈추면 알아보지 못하는 단점이 있었다.

말 그대로 인간의 생기 자체를 추적하고 있는 걸지도 몰랐다.

"기나긴 밤이 될 것 같군."

강혁은 창을 늘어뜨린 채로 감각에 의지해 천천히 앞장서 걷기 시작했다.

안개 속을 걷는 일은 역시나 쉬운 일이 아니었다.

단순히 시야가 제한된다는 단점도 있었지만 그보다는 신경을 집중한다는 자체에서 오는 피로도가 상상을 초월하고 있었던 것이다.

말 그대로 진이 빠진다고 하는 게 맞았다.

'오랜만에 지치는 것 같은 느낌이군.'

집 밖을 나와 걷기 시작한지도 어느덧 30여분이 지났지만 별로 바뀐 것은 없었다.

어떻게든 기억에 의지해서 움직이고 있었지만 안개는 여전히 걷힐 기미가 보이지 않았고, 가까이 다가서야 윤곽만이 겨우 보이는 시야만으로는 제대로 된 정보를 파악할 수 없었다.

"너무 조용하네요."

"그러게."

단검을 두 손으로 꽉 움켜쥔 채 두리번거리던 네리아가 말했다. 강혁은 적당히 고개를 끄덕여주며 의식적으로 주변을 크게 훑었다.

'확실히 너무 조용하단 말이지.'

소리를 내지 않기 위해 조심하며 쉬지 않고 이동해오긴 했지만 아직까지 살인마와의 조우는커녕 그 흔적조차 발견하지 못했다는 것은 역시 이상했다.

그러한 생각이 답답함을 불러일으킨 탓일까.

'차라리 코앞에 나타나줬으면 좋겠군.'

강혁은 쓴웃음을 머금었다.

그리고,

바로 그때였다.

"아아악!"

"저건 도대체 뭐야!"

안개 속 어딘가로 부터 다급한 비명성이 들려온 것은.

분명 살인마의 것처럼 들리지는 않는 소리.

네리아와 시선을 마주친 강혁은 숨을 죽인 채 조용히 비명의 진원지를 향해 다가갔다.

❖

"왓슨! 너… 파, 팔이!?"

"아아악! 아파! 아프다고!"

그곳은 이미 아비규환의 상태로 돌입해 있었다.

팔 한쪽이 날아간 채 피투성이가 되어 쓰러진 남자와 그를 부축하며 혼란에 빠져있는 로브 차림의 남자.

전사 쪽 직업군으로 보이는 덩치의 남자는 커다란 철퇴를 단단히 움켜쥐고 습격자에게 맞서고 있었지만 아무래도 역부족인 것처럼 보였다.

"크히히히히!"

"이 괴물새끼가!"

연신 기괴한 웃음을 흘리는 무언가가 안개 속을 마음대로 오가며 사내들을 농락하고 있었다.

"크아악!"

인식하기도 전에 철퇴를 든 남자에게 다가간 괴물의 손도끼가 남자의 정강이에 깊은 상처를 만들어냈다. 조금만 더 깊이 들어갔다면 아예 절단이 될 수 있었을 만큼 깊숙한 상처였다.

속수무책으로 당해버린 남자는 그대로 주저앉고 말았다.

생명줄처럼 강하게 움켜쥐고 있던 철퇴마저 놓아버린 채로 말이다.

"크히히힛!"

또 한 번의 웃음소리와 함께 바람이 스쳤다.

그리고 그것이 남자의 마지막이었다.

스걱—

정강이가 파여진 고통에 일그러진 표정 그대로 머리통 전체가 튀어 올랐다.

분수처럼 솟구친 핏물과 함께 유영하던 머리통은 이내 힘없이 가라앉아 몇 바퀴를 구르더니 로브차림 남자의 무릎 앞까지 흘러 들어갔다.

"히, 히이이익!?"

정신이 없는 와중에 무엇인지 보다가 뒤늦게 기겁하며 물러서는 남자. 덕분에 부축하고 있던 남자의 몸이 거칠게 땅바닥으로 떨어졌지만 문제는 없었다.

팔이 절단된 사내는 이미 과도한 출혈과 쇼크로 인해 사망한 뒤였다.

"크키키킥….”

로브 차림 남자는 하얗게 질린 얼굴로 주저앉은 채 뒷걸음질을 쳤다. 괴물은 그런 남자를 비웃으며 안개 밖으로 모습을 드러냈다.

"제, 제발… 살려… 누가 좀… 히익!"

극도의 두려움에 잠식되어 눈물을 머금기 시작한 사내의 눈앞에 비추어진 괴물은 생각한 것처럼 위협적인 모습이 아니었다.

아니, 오히려 우스꽝스럽게 보였다.

사내 역시 나름 C등급의 모험가이니만큼 괴물에 대한 내성은 충분히 갖추고 있었다.

하지만 그는 도무지 두려움을 지워버릴 수가 없었다.

분명 눈앞에 보이는 괴물의 모습은 고블린. 그것도 아직 다 자라지도 못한 어린 고블린 정도로 보이는 체구를 하고 있었지만 그 이외의 모습들이 너무나도 섬뜩해보였기 때문이었다.

"키히히히…."

마침 실성한 사람처럼 웃으며 다가오는 괴물.

회색빛의 창백한 피부에 꼽추처럼 구부정한 자세를 한 괴물은 언뜻 보기에는 10살 정도 되는 평범한 인간의 아이처럼 보였다.

다만 다른 점이 있다면 누더기와 같은 검은색 천 조각을 제외하곤 알몸이나 마찬가지인 상태라는 점이었으며, 머리가 반대로 돌아가 있다는 점이었다.

앞과 뒤가 바뀌었다는 것이 아니라 이마와 입의 위치가 바뀌어 있었다.

이마가 있어야 할 방향에 입과 턱이 위치해 있었으며 벌어진 입술 사이로는 날카로운 이빨들이 삐죽삐죽 튀어나와 있었다. 더 기괴한 점은 코는 정상적인 방향으로 내려와 있다는 점이었다.

인간은 본래 이해할 수 없는 것에 대해 두려움을 느낀다고 했던가.

그런 의미에서 상식선을 완전히 파괴하는 괴물의 이목구비는 확연히 공포라는 단어가 지닌 의미에 부합했다.

뚝, 뚝…

방금 참살한 동료의 피가 가득 묻은 손도끼를 늘어뜨린 채 괴물이 서서히 다가왔다. 콧구멍의 아래에 위치한 두 개의 눈이 붉은색의 안광을 빛내며 즐겁다는 듯 호선을 그리고 있었다.

"크힉, 크히힉!"

괴물은 마치 놀리기라도 하는 것처럼 사내의 눈앞에 선 채로 가만히 들여다보고 있었다.

마치 품평이라도 하는 것 같은 모습.

그런 괴물의 태도에 사내의 눈동자 속으로 '혹시'라는 단어가 새겨졌을 때였다.

"쿠키킥-!"

"흐이익!"

사내를 비웃듯 늘어뜨리고 있던 손도끼가 크게 들어 올려 진다.

쐐애액-

한껏 들어 올려 진 손도끼가 단두대의 날처럼 사내의

정수리를 향해 거칠게 휘둘러졌다.

"으아아악!"

반사적으로 머리를 감싸 쥔 사내의 비명성이 하늘 가득 울렸다.

곧이어 다가올 끔찍한 고통과 처참한 최후를 예감하면서.

그러나 사내의 예감은 반만 적중했다.

카앙-

푸각-

"끄아아아!"

어디선가 날아든 단검에 의해 손도끼가 튕겨졌고, 그로 인해 경로가 틀어진 도끼날이 어깨로 박혀 들어간 것이다.

"크히힉!?"

방해받았다는 불쾌감을 드러내며 괴물의 시선이 단검이 날아든 방향으로 향했다.

괴물의 시선으로 보아도 단검이 날아든 방향으로는 뿌옇게 가려진 안개만이 비추어지고 있었다. 하지만 괴물은 시선을 거두지 않았다.

안개 너머에 숨어 있는 방해꾼의 기척을 확연히 파악했기 때문이었다.

그 집요한 시선에 결국 먼저 백기를 들어 올린 것은 방해꾼이었다.

"이거야 원."

안타깝다는 듯한 푸념 섞인 목소리.

모습을 드러낸 강혁은 낮게 혀를 차며 괴물, 아니 살인마를 응시했다.

"이래서야 성공인지 실패인지 모르겠군."

애초에 하려던 행동은 단검을 던져 시선만 끌고 자리를 벗어나는 것이었는데 말이다.

단검에 실린 힘만으로는 부족해서 남자는 결국 어깨가 찍히고 말았고 잠깐의 머뭇거림 사이에 살인마는 완전히 강혁의 기척을 읽어내고 말았다.

'어차피 이렇게 되었으니……'

강혁은 늘어뜨리고 있던 창날을 정면을 향해 세웠다. 그리고는 허리춤에 매어두었던 단검들을 훑어내듯 뽑아내며 일제히 허공을 향해 날렸다.

"한 번 해보자고!"

강혁은 즉각 지면을 밟으며 살인마에게로 쇄도했다.

그런 강혁의 뒤로 8개의 투척형 단검들이 뒤따랐다.

"크히히힛!"

강혁의 모습이 가소롭기라도 한 듯 살인마는 로브차림 사내의 어깨에서 도끼를 회수할 생각도 하지 않은 채 기분 나쁜 웃음을 머금고 있었다.

"크힉!?"

하지만 생각보다 빠르게 좁혀지는 거리에 살인마의 움직

임에도 다급함이 들어섰다.

푸그윽-

"아아아악!"

손도끼를 뽑아내는 것과 동시에 용수철처럼 튀어 오르며 강혁에게로 날아 들어왔던 것이다.

창끝이 뻗어지는 것과 동시에 파고들어 공격의 범위 자체를 무효화시키는 영리한 움직임이었지만 강혁은 당황하지 않았다.

카가강-

"크킥!"

코앞까지 다가와 손도끼를 휘두르려던 살인마에게로 허공을 유영하던 단검들이 미사일처럼 일제히 날아들었기 때문이었다.

"크히힉!"

그런 와중에도 번개처럼 손도끼를 휘둘러 단검들을 모두 쳐낸 살인마는 떨어져 내려 지면을 밟자마자 빠르게 튀어 오르는가 싶더니 순식간에 거리를 벌렸다.

안개 속으로 완전히 녹아든 것이다.

'이제부터가 진짜로군.'

방금 전의 충돌만으로도 강혁은 대강이나마 살인마가 지닌 능력치를 짐작할 수 있었다.

예전처럼 죽일 수 없는 존재인지 아닌지는 둘째치고서 충분히 대응하고 밀어붙일 수도 있는 수준이라는 것을 확인한 것이다.

때문에 안개로 시야가 제한되었음에도 강혁은 크게 걱정을 하지 않았다.

'감각에 집중하자.'

강혁은 신경을 잔뜩 곤두세웠다.

스쳐지나가는 바람의 소리마저 읽어낼 수 있을 만큼.

"……."

하지만 얼마 지나지 않아 강혁은 황당한 표정을 짓고 말았다.

"설마… 튄 건가?"

집중을 한지 1분이 넘어가도록 아무런 움직임은커녕 기척조차 느껴지지 않았던 것이다.

혹시나 해서 빈틈을 드러내고 방심한 척 무방비한 자세를 취해보기도 했지만 여전히 살인마의 반응은 찾아볼 수가 없었다.

믿을 수 없지만 살인마는 방금의 그것으로 이 근처의 범위로부터 모습을 감춘 것이다.

'살인마가 도망이라니…….'

강혁은 황당한 표정으로 창대를 내렸다.

이건 정말이지 생각지도 못한 반응이 아닌가.

'놈들에게 자체적인 의사가 존재한다는 말인가?'

지금껏 강혁이 알고 있던 살인마라는 존재는 강혁과 마찬가지의 플레이어들이 미션을 해결하지 못하고 죽어서 만들어진 것이었다.

정확한 매커니즘까지는 알 수 없었지만 생전의 모습과
특성이 반영되어 만들어지는 일종의 재활용 몬스터였던 것
이다.

그러니만큼 살인마는 '살인'이라는 본능만이 남아있는
존재였으며 시스템이 설정한 명령에만 의거하여 움직이는
존재였다.

하지만 이번에 마주친 살인마는 강혁을 눈앞에 두고서도
오히려 도망을 택했다. 그것도 처음부터 그런 것도 아니고
한 번의 충돌 이후에 그런 선택을 한 것이다.

시험의 내용이 맞다면 살인마들은 분명 강혁을 추적하고
적극적으로 달려들어야만 했다.

'업그레이드 됐다고 봐야하는 건가?'

단순히 본능과 명령에 의거해 달려드는 존재가 아니라
놓여진 상황에 맞추어서 판단을 하고 움직일 줄 아는 존
재.

"제길, 귀찮게 됐군."

강혁은 이를 갈았다.

만약 모든 살인마들이 이와 같다면 지금까지의 침묵 역
시도 의도가 없다고 할 수는 없었기 때문이었다.

어쩌면 이 짙은 안개 속의 어딘가에는 소리를 죽이고 기
척을 죽인 채 추적을 해오고 있는 살인마들이 있을지도 몰
랐다.

자신들이 유리한 상황이 올 때까지 기다리며 기회만 엿보고 있을지도 모르는 것이다.

'또 몇 명이나 있을지도 모르고.'

생각을 이어가면 갈수록 강혁은 섬뜩해지는 기분이 들었다.

강혁은 즉시 숨어있던 네리아에게 손짓을 했다.

그러자 벽 뒤편에서 최대한 호흡을 참아가며 웅크리고 있던 네리아가 푸하– 하고 커다란 숨을 내쉬며 다가왔다.

"단검 말고 좀 더 쓸 만한 무기를 챙겨. 사용할 수 있다면 방어구를 챙겨도 좋고."

"알겠어요."

연이어 이어진 끔찍한 장면들로 인해 어느 정도는 적응이 된 것일까.

강혁의 지시에 네리아는 두 말 없이 고개를 끄덕이며 시체들이 처참하게 널브러져 있는 곳으로 다가섰다.

막상 가까이 다가가서는 여전히 머뭇거리는 모습이었지만 적어도 아까 전과 비교하면 훨씬 바람직하게 변한 듯한 모습이었다.

"후우…"

강혁은 혹시 있을지 모를 습격에 대비하며 주변을 빠짐없이 경계했다.

바로 그때였다.

[띠링! 변수가 발생했습니다.]

[당신의 시험에 외부인이 난입했습니다.]

답답한 안개의 흐름 속으로 새로운 바람이 불어 닥친 것은.

[분기 발생 – 동료 혹은 적]

-당신은 지금 갈림길에 들어섰습니다.

-선택한 결과는 절대로 되돌릴 수 없으니 신중히 결정해 주세요.

알림음과 함께 분기 발생의 메시지창이 떠올랐다.

그리고 이내,

[선택 1. 외부인과 마주하십시오. 적인지 아군인지 알 수 없으므로 위험할 수 있습니다. 하지만 안개에 대한 정보를 알고 있을 지도 모릅니다.]

[선택 2. 살인마들의 눈을 피해 다시 여관으로 돌아가 보세요. 무언가 중요한 단서가 숨겨져 있을지도 모릅니다.]

예의 선택지 역시 그 모습을 드러냈다.

'…외부인이라고?'

강혁은 표정이 심각하게 변했다.

여기서 굳이 외부인이라고 표현을 한다는 것은 최소한 시스템과 관련이 있는 존재라는 뜻이 아닌가.

'또 다른 괴물… 혹은 같은 플레이어이겠군.'

아마도 플레이어일 가능성이 더 높으리라.

괴물과 한편이 되는 그림은 아무리 생각해도 떠오르질 않으니까 말이다.

"골치 아프군."

"…네?"

"아냐. 그냥 혼잣말이니 하던 거나 마저 해."

"빨리 할게요!"

손사래를 치며 내뱉은 말이 재촉이라 생각했는지 낑낑대며 외팔이 시체로부터 가죽 흉갑을 벗겨가던 네리아가 서두르기 시작한다.

그 모습을 보며 고개를 절레절레 흔들던 강혁은 다시 생각에 잠겼다.

전방에는 여전히 지워지지 않은 선택지가 떠올라 있었다.

어느 쪽도 썩 와 닿지는 않는 내용들.

'결국 믿느냐 믿지 않느냐의 문제인가.'

첫 번째 선택지는 상대의 성격에 따라 위험하거나 혹은 도움이 될 커다란 변수를 안고 있었다.

만약 상대가 아군이라면 커다란 도움이 될 것이고 적이라면 가뜩이나 불안한 상황이 더 하드 한 난이도로 변하게 되는 것이다.

간단히 생각하면 굳이 변수를 안을 바에는 이미 가지고 있는 위험만을 부담하면 되는 두 번째 선택지를 택하는 것이 옳았지만…….

'문제는 안개에 대한 정보다.'

어느 쪽도 확답이 있지는 않았지만 '무언가 단서를 얻을 지도 모른다.'는 말과 '안개에 대해 알고 있을지도 모른 다.'는 말은 확연히 그 무게감에서 차이가 있는 것이다.

'일단 외부인과 만날 수만 있다면 아군이 됐든 적군이 됐든 안개와 관련된 직접적인 정보를 얻을 수도 있다는 뜻 이니까.'

고심 끝에 강혁은 첫 번째 선택지를 택했다.

무엇이 있을지도 모르는 불확실한 가치에 매달리는 것보 다는 확실한 정보를 위해 위험을 감수하는 편이 더 나을 것 이라는 판단에서였다.

띠링!

강혁의 귓가에만 울리는 효과음이 터지며 선택지가 공기 중으로 사르륵 녹아든다.

"호오!"

그리고 강혁은 감탄사를 머금었다.

-지금부터 외부인을 추적할 수 있게 됩니다.

-푸른색 선을 따라가 주십시오.

선택지가 사라짐과 동시에 알림말이 뜨고 곧장 푸른색의 실선이 코앞에서부터 생성되며 안개 속을 따라 길게 이어 지고 있었다.

'웬일로 이리 친절하냐.'

무심코 떠오른 생각에 실소를 머금으며 강혁은 다시금

주변을 훑었다. 그러는 사이 네리아는 시체로부터 벗겨낸 가죽 흉갑을 걸쳐 입는데 성공한 모습이었다.

"전 준비 됐어요."

"좋아, 그럼 움직인다."

헐렁한 가죽 흉갑을 어떻게든 걸쳐 입은 네리아는 외팔이 시체의 허리춤에 매달려 있던 시미터 마저 집어든 모습이었다.

본래는 한 손만으로 휘두를 수 있는 무기가 그녀에게는 두 손으로도 버거운 것처럼 보였지만 적어도 부실한 은제 단검 하나 들고 있는 것보다는 나으리라.

시체로부터 장비를 업그레이드 한 뒤 강혁은 네리아를 이끌고 푸른색 실선을 쫓았다.

짙은 안개 속에서도 푸른색의 실선은 마치 영화 속에 나오는 감지 레이저처럼 선명해서 알아보는데 어려움은 없었다.

그렇게 걷기 시작한지 얼마나 지났을까?

두 사람은 마을의 외곽으로 추정되는 장소로 접어들고 있었다.

"여기가 어디쯤인지 알겠어?"

"아마도 서문 쪽 같아요."

확신하지 못하는 듯 고개를 기울이면서도 네리아는 나름의 의견을 밝혔다. 어쨌든 외벽과 망루가 보이는 걸 봐서 마을의 외곽인 것은 틀림이 없으리라.

'그나저나 여긴 좀…'

네리아의 대답에 고개를 주억거리며 주변을 살피던 강혁은 눈매를 좁혔다. 묘하게 이 주변만큼은 안개가 옅어지고 있는 것 같은 느낌이 들었던 것이다.

그리고 그것은 커다란 위화감이 되어 다가오고 있었다.

'레이더도 저 끝에서 끊기는 것 같고 말이지.'

희미해졌다고는 해도 안개는 건재해서 확신할 수는 없었지만 푸른색의 실선은 분명 외벽과 맞닿은 건물의 내부로 이어지고 있었다.

강혁은 어깨에 둘러매고 있던 창을 내려서 꼬나 쥐었다.

네리아는 갑작스런 태세 변화에 놀라는 모습이었지만 금세 시미터를 움켜쥐며 결의를 다지는 모습이었다.

'…의외로 모험가 체질일지도.'

생각지도 못한 네리아의 적성에 고개를 끄덕이며 강혁은 푸른색 실선이 이어진 건물을 향해 천천히 발걸음을 옮기기 시작했다.

"네리아."

"네?"

"난 저 건물의 내부로 들어갈 거야. 근데 안쪽은 위험할 수도 있거든. 그러니까… 넌 입구에서 기다리고 있어."

"그, 그냥 같이 따라가면 안 될까요? 절대로 방해되는 짓은 않을게요!"

네리아는 상당히 필사적이었다.

위험에 처할지도 모른다는 사실보다는 혼자 남겨진다는 두려움이 더 큰 모양.

하지만 강혁은 단호하게 그녀의 말을 가로막으며 쐐기를 박았다.

"밖에 있어."

"…네."

마치 명령하듯 내뱉어진 말에 네리아는 시무룩한 얼굴로 고개를 끄덕였다. 강혁은 그런 그녀를 뒤로 하고 푸른색 실선이 향하는 건물로 다가섰다.

'여긴… 푸줏간인가?'

멀리 있을 때는 몰랐는데 가까이 다가서자 그 형체가 확실히 드러나 보였다.

원시인이 즐겨 먹을 법한 고깃덩이 그림이 새겨진 간판의 아래로 늘어진 가판대 위로는 말린 고기들이 종류별로 놓여 있었으며, 여닫이문을 열고 들어선 내부에는 짐승의 머리들이 매달린 벽면과 바로 고기를 썰어낼 수 있는 피 묻은 테이블이 보였다.

아마도 저 뒤편으로 이어지는 쪽문의 뒤로는 갈고리에 매여진 고기들이 우수수 걸려있겠지.

현실의 그것처럼 체계적인 보관을 하는 것은 역시 무리지만 마술사들이 만들어낸 냉기 주문서 때문에 이곳 세계의 고기 보관은 썩 나쁘지 않은 편이었다.

"무시무시하네."

강혁은 낮게 혀를 찼다.

분명 별다를 것이 없는 푸줏간의 모습일 텐데도 사람이 사라지고 안개 지대 특유의 음울함이 깃들었다는 것만으로도 푸줏간은 섬뜩한 분위기를 뿜어내는 장소로 변해있었던 것이다.

"저기인가."

푸줏간의 내부로 향했던 푸른색 실선은 뒤쪽의 쪽문까지 이어지고 있었다.

저 뒤로 어디 기다란 통로로 이어지는 비밀 던전 같은 것이 있지 않는 한 외부인은 분명 저 뒤편의 공간 어딘가에 숨어 있을 터.

'제발 아군이었으면 좋겠군.'

결코 이어질 리 없는 소원을 빌며 강혁은 미리 단검들까지 풀어 허공에 띄운 채로 피 묻은 테이블을 지나쳐 쪽문으로 향했다.

쪽문으로 다가설수록 서늘한 공기와 함께 비릿한 혈향이 더욱 선명히 전해져 온다.

덜컥—

이미 반쯤 열려 있던 쪽문은 슬쩍 밀자 부서지는 듯한 소리를 내며 손쉽게 밀려났다. 그리고는 신중하게 쪽문의 너머로 발걸음을 들여다 놓았을 때였다.

푸각—

"!"

돌연 들려오는 피륙음에 강혁은 발걸음을 멈춰 세웠다.

가만히 선 채로 귀를 기울이자 재차 소리가 들렸다.

푸각—

푸그윽—

무언가 둔탁한 도구로 고깃덩이를 다지고 있는 듯한 소리였다.

"후우… 제길."

강혁은 욕설을 내뱉었다. 느껴지는 공기만으로도 이 너머에 무엇이 있을지 짐작이 되기 때문이었다.

문제는 그것을 알면서도 회피할 수가 없다는 점이었다.

'거지같군.'

강혁은 바닥이 꺼져라 한숨을 내쉬면서도 멈추었던 걸음을 다시 때었다.

예상대로 쪽문의 너머는 고기보관고였다.

좁은 통로를 지나쳐 넓어지는 경로로 들어서자 본격적인 냉기와 함께 갈고리에 매달린 고깃덩이들이 여기저기 주렁주렁 걸려있는 모습이 보인다.

그리고 얼마 들어가지 않아서 강혁은 소리를 만들어낸 근원과 마주칠 수 있었다.

푸가각—

콰드득, 콰직—

강혁이 왔음에도 불구하고 마치 도끼날과도 같은 커다란 푸줏간용 칼을 내리치며 테이블 위의 고기를 다지고 있는 존재.

투콱, 푸그극—

2미터는 훌쩍 넘어 보이는 덩치를 지닌 존재는 언뜻 보기에는 평범한 푸줏간의 주인장처럼 보였다.

"크르르륵…."

가래가 끓는 듯한 소리와 함께 휘둘러낸 칼날이 닿는 방향으로 갈고리에 꿰인 인간들의 시체가 보이지 않았다면 말이다.

'…역시나!'

강혁은 재차 한숨을 내쉬었다.

"크르륵?"

한창 작업이 열중하던 존재가 그제야 강혁의 존재에 대해 눈치 채고는 몸을 돌려세웠다.

'정말이지 끝내주는군.'

위협감을 주는 덩치를 가진 살인마의 상체에는 피투성이가 된 가죽 앞치마가 매어져 있으며, 얼굴에는 부자연스러운 살색의 가면이 관자놀이 주변의 살과 직접 꿰매어져 있다.

붕 떠서 일그러진 것처럼 보이는 가면은 아마도 희생자의 얼굴 가죽을 뜯어내어 만든 거겠지.

"크르르륵…."

살인마는 강혁을 보자 손에 들고 있던 도축용 식칼을 가죽 앞치마 위에 슥슥 문질러 핏물을 닦아냈다.

마치 새로운 고기를 다지기 위한 준비 의식이라도 하는 것처럼.

"역시 쉬운 게 없군."

식칼의 핏물을 닦아낸 뒤 성큼성큼 다가서는 살인마의 모습에 강혁은 의식적으로 주변을 살피고는 빠르게 뒷걸음질을 쳤다.

아무래도 이런 좁은 공간에서는 제대로 된 움직임을 보이기가 어렵기 때문이었다.

"크르르…."

가래가 끓는 듯한 소리와 함께 다가서서 식칼을 높이 들어 올리는 살인마의 모습에 강혁은 곧장 돌아서서 쪽문의 밖을 향해 내달렸다.

덜커덩─

"강혁님!?"

거칠게 여닫이문을 열고 밖으로 뛰쳐나오자 문 앞에서 기다리고 있던 네리아가 놀라서 쳐다본다. 하지만 강혁은 대답해줄 틈도 없이 그녀의 손목을 끌어당겨야 했다.

"일단 피해!"

"꺅!"

바로 등 뒤에서 다가드는 살인마의 기척이 느껴졌기 때문이었다.

콰앙—

거의 문을 부숴버릴 것처럼 거칠게 열고 모습을 드러낸 살인마는 네리아가 서 있던 위치를 향해 도축용 식칼을 거칠게 휘둘렀다.

아마 거기에 계속 서 있었다면 네리아는 대응조차 하지 못한 채 희생이 되고 말았을 것이었다.

"저, 저건 대체!?"

아슬아슬하게 스쳐간 죽음의 바람에 얼굴이 하얗게 질린 네리아가 기겁하며 신음을 머금었다. 그러나 이번에도 강혁은 그녀에게 신경을 써줄 틈이 없었다.

숨을 돌릴 틈도 없이 도축용 식칼을 움켜쥔 살인마가 다가들고 있었기 때문이었다.

"크르르륵…."

커다란 신장을 이용해서 성큼성큼 다가와 식칼을 들어 올리는 살인마의 모습은 공포 영화에서 막 튀어나온 것처럼 생생해보였다.

꿈에 나올까봐 무서울 정도로 공포스러운 모습.

하지만 강혁은 끌어당긴 네리아를 옆으로 밀어내고는 차분하게 전투자세를 취했다.

'그럼… 이번에는 어떤지 볼까?'

아까 전의 교전을 통해 이제는 살인마들과 대등하게 싸울 수 있다는 사실을 깨달았기 때문이었다.

물론 개체별로 그 차이는 있을 수 있겠지만 강혁은 눈앞의 살인마 역시 충분히 상대할 수 있을 거라 확신했다.

'자신 있으니까.'

아직은 가진 바의 힘을 모두 다 사용하지 못하고 있었지만 강혁은 분명 이전과는 비교도 할 수 없을 만큼 강해진 상태였다.

'놈들을 죽일 수 있을지는 모르겠지만…….'

적어도 이제 강혁에게 있어서 살인마들은 두려워해야만 할 존재가 아니었다.

"후욱…!"

카앙-

강혁은 창대를 휘둘러 정수리를 향해 날아들던 도축용 식칼을 튕겨냈다. 과연 아까 전 마주쳤던 살인마와는 달리 부딪힌 창대로 와 닿는 충격이 보통이 아니었다.

하지만…

'견딜 만 해.'

방금 전은 아무런 기술도 없이 정면으로 맞닥뜨려본 결과였다. 조금만 영리하게 대처한다면 어떠한 부담도 없이 상대할 수 있으리라.

"크르르… 크훅…."

자신의 공격이 튕겨진 것이 이해가 가질 않는지 살인마는 잠시 고개를 갸웃거리는 모습이었다. 멈춰선 채로 손에 들린 도축용 식칼을 물끄러미 쳐다본다.

그런 모습조차도 섬뜩하기 그지없었지만 강혁은 망설임

없이 자세를 바꾸고는 창끝을 살인마에게로 향했다.

"크륵!?"

날카롭게 쏘아지는 기세를 느끼기라도 한 것일까.

식칼을 향하던 살인마의 시선이 다시금 강혁을 향한
다.

"크르르르···"

가래 끓는 소리와 함께 도축용 식칼을 들어 올리는 살인
마의 모습에 강혁은 한 점의 망설임도 없이 지면을 박차며
달려들었다.

츠카악—

한줄기 섬전과 함께 창격이 쏘아졌다.

"크헤에—!"

살인마의 입에서 처음으로 비명과도 같은 소리가 터졌
다. 도축용 식칼이 휘둘러지기도 전에 날아든 창날이 어깻
죽지를 향해 무참히 파고들었기 때문이었다.

'통한다!'

있는 힘껏 검을 휘둘러도 겉의 피부층만을 겨우 긁어낼
수 있던 예전과는 달리 창날이 피부층 너머의 단단한 근육
질과 질긴 혈관까지 찢어발겼다.

"흐읍!"

푸화악—

뼈까지 단번에 박살내는 것은 역시 무리인 것처럼 보였
지만 이 정도만으로도 충분했다.

"크르륵!"

창격과 함께 뒤로 두어 걸음 정도 물러섰던 살인마가 다시금 걸음을 옮기며 다가든다.

기다란 보폭으로 성큼성큼 거리를 좁히는 살인마.

그 자체만으로도 압박감이 들 정도로 무시무시한 모습이었지만 강혁은 눈썹 하나 까딱하지 않고 재차 창을 휘둘렀다.

카아앙-

높이 들어 올려진 도축용 식칼이 휘둘러지기도 전에 창날에 치여 튕겨졌다.

그 빈틈을 노려 강혁은 살인마의 좌측으로 돌며 종아리를 창대로 후려쳤다.

"크흑!"

창대에 담겨진 막대한 힘에 살인마의 다리가 순간적으로 꺾이며 2미터가 넘는 거구가 크게 휘청거린다.

"크르르르…!"

휘청대는 와중에도 살인마는 빠르게 몸을 돌리며 식칼을 휘두르려는 모습이었지만 이미 강혁은 범위에서 벗어난 상태였다.

그리고 다시 무방비해진 살인마의 등 뒤로 섬전과도 같은 빛줄기들이 비처럼 내리 꽂혔다.

퍼버버버벅-

"크워억-!"

허공을 유영하던 단검들이 살인마의 어깻죽지와 오금을 비롯한 각종 관절부위로 정확히 박혀들며 커다란 신체마저 밀어냈다.

푸화아아악―

단검들이 관통하며 신체 곳곳으로 생겨난 구멍들에서 대량의 핏물이 뿜어진다.

아무래도 비도술 만으로 살인마의 단단한 근육층을 뚫어내는 것은 무리였지만 스파이럴 스킬이 가미된 단검들은 생각했던 것 이상의 파괴력을 지니고 있었던 것이다.

쿠웅―

"크르륵…!"

살인마의 거구가 맥없이 균형을 잃고 무너진다.

스파이럴이 사용됐다고는 해도 뼈까지 박살내는 것은 무리였지만 애초에 단검들은 뼈와 뼈 사이를 잇는 연골들을 파괴시킨 것이었다.

순식간에 팔다리가 날아가거나 덜렁거리는 모습으로 변해버린 살인마는 더 이상 조금 전까지 보여주던 위용을 드러내지 못했다.

"크르르… 크르…!"

피투성이가 되어 바닥에 넘어진 살인마는 그런 와중에도 끈질긴 생명력을 보이며 기어오고 있었지만 그런 것이 위협이 될 리는 없었다.

'생각보단 더 쉬웠네.'

강혁은 낮게 혀를 차면서도 고개를 끄덕였다.

강해졌다는 의식은 있었지만 그게 어느 정도인지에 대해서는 여전히 확신이 없었던 것이다.

하지만 조금 전의 상황으로 인해 이제 확연히 그 기준을 찾은 것 같았다.

"이 놈들도 머리가 박살나면 죽겠지?"

기어드는 살인마에게로 느긋하게 다가선 강혁은 놈의 목을 짓밟아 땅바닥에 처박았다.

"크륵, 크르륵…!"

살인마는 열심히 허우적거리며 분노를 드러냈지만 강혁에게는 어떠한 영향도 주지 못했다.

"이만 끝내자."

강혁은 훤히 드러난 살인마의 뒤통수를 향해 창날을 겨냥했다.

그리고….

푸가악–

그것으로 끝이었다.

한때는 불사신이라고도 생각했던 살인마가 너무나도 허무하게 죽어버린 것이다.

아무리 살인마라고 해도 머리통이 박살나고 안의 조직들이 모조리 헤집어진 상태에서까지 살아남지는 못했다.

푸그극, 빠각–

"후우…."

혹시나 해서 창날을 휘저어 내부를 휘젓고 억지로 끌어당겨 두개골 자체를 완전히 파괴시켜버린 강혁은 그제야 한숨을 돌렸다는 듯 잔 숨을 내쉬었다.

"대단해…!"

돌연 들리는 목소리에 고개를 돌리자 놀란 눈을 한 채로 이쪽을 보고 있는 네리아의 모습이 보인다. 이제 그녀의 눈에서 공포라는 감정은 찾아 볼 수가 없었다.

강혁이라는 존재 자체가 하나의 커다란 보호막이 되어 그녀를 지켜주고 있었던 것이다.

강혁은 창날에 묻은 끈적한 핏물을 털어내며 손짓을 했다.

"호들갑 떨지 말고 이리로 와."

"아… 넷!"

네리아는 순순히 대답하며 쪼르르 다가왔다.

덕분에 살인마의 시체가 만들어낸 피 웅덩이를 밟아야 했지만 전혀 개의치 않는 모습이었다.

'자, 그럼 이제는 본론으로 들어갈 차례인데 말이지.'

강혁은 살인마가 뛰쳐나왔던 문 쪽을 다시금 응시했다. 푸른색 실선은 여전히 푸줏간의 내부로 이어지고 있었다.

아직 정체불명의 외부인이 자리를 뜨지 않았다는 뜻.

하지만 푸줏간의 내부에서는 어떠한 기척이나 흔적도 찾을 수가 없었다.

'은신이라도 쓰고 있는 건가?

그렇게 생각할 수밖에 없었다.

뭔가 숨겨진 비밀통로가 이어져 있다고 가정하기에는 푸른색 실선의 경로가 너무나도 일정했기 때문이었다.

이곳까지 오는 동안 몇 번이나 흔들리며 그 경로가 틀어지던 모습들을 생각해보면 외부인은 분명 푸줏간의 내부에 몸을 숨기고 있었다.

어쩌면 짙은 안개 속에 녹아든 채로 이쪽을 관찰하고 있을지도 모르는 일.

'이런 점에서는 두루뭉술하단 말이지.'

기왕에 추적기능을 줬으면 좀 더 정확하게 가르쳐주면 될 텐데 거리가 가까워지면 가까워질수록 특정한 범주만을 알려준다는 느낌이었다.

'뭐, 그래도 이 정도면 확정이라고 봐야하니까.'

생각을 마무리 지은 강혁이 푸줏간을 응시했다.

이내 흐릿한 안개가 지나가는 문의 너머를 향해 말했다.

"언제까지 간을 볼 셈이지?"

"…네?"

엉뚱하게 네리아가 반문했지만 강혁은 조용히 손가락을 입술로 가져가는 제스처를 취하며 다시금 빈 공간을 향해 질문을 던졌다.

"이 쯤 되면 충분히 봤다고 생각하지 않나? 그러니 슬슬 이야기를 나눠보는 건 어때?"

하지만 여전히 질문에 응하는 이는 없었다.

그런 강혁을 비웃기라도 하듯 돌연 불어 닥친 바람이 머리를 헝클고 지나친다.

'…잘못 짚은 건가?'

여전히 외부인이라는 존재는 모습을 드러내지 않고 있었다.

'어쩌면 안에서 희생당하고 있던 게 외부인일수도.'

거기까지 생각이 닿은 강혁은 한계까지 끌어올리고 있던 감각을 조금 낮추었다. 만약 두 번째의 가정이 사실이라면 안개에 대한 단서는 분명 희생자의 시체에서 발견할 수 있을 것이기 때문이었다.

바로 그때였다.

"마지막이 좀 어설폈네요."

"!"

돌연 안개의 너머로부터 들려오는 목소리.

순간적으로 생겨나는 기척에 강혁은 재빨리 시선을 향했다.

'역시나.'

시선이 향하는 방향으로는 시커먼 두건 같은 것을 뒤집어쓴 인영이 유령처럼 그 모습을 드러내고 있었다.

보여지는 신장이나 몸의 실루엣으로 보아서는 여성처럼 보이는 인영.

아마도 석궁이 무기인 듯 조금은 커다란 사이즈의 석궁을 양손으로 움켜쥔 채 모습을 드러낸 인영은 걱정과는 달리

적대적인 것처럼 보이지는 않았다.

아니, 오히려 친근한 것처럼 보이기도 했다.

마치 강혁을 이미 알고 있다는 듯한 분위기를 풍기고 있었던 것이다.

"그때랑은 달라졌죠? 후후."

그 알 수 없는 괴리감에 강혁은 늘어뜨리고 있던 창날의 끝을 인영에게로 향했다.

"넌 누구지? 날 알고 있나?"

"물론이죠. 이래 뵈도 생명의 은인인데."

인영은 당연하다는 듯 고개를 끄덕이며 석궁을 아래로 늘어뜨리는가 싶더니 재차 말을 이었다.

"그런데 오빠는 거의 달라지지 않은 것 같네요. 그때랑."

"그때?"

인영은 갈수록 알 수 없는 말만을 하고 있었다.

이해할 수 없다는 표정을 짓자 두건의 아래로 드러난 입술이 부드럽게 호선을 그리며 웃는다.

그리고 새하얀 손가락이 두건으로 향한다.

여기저기 생채기들이 남아 투박해 보이면서도 섬세해 보이는 손가락들이 두건의 자락을 움켜쥔다.

사락…

두건이 벗겨지고 약간은 탁한 색채를 지닌 회색의 머리칼이 물결치며 길게 흘러내린다.

"!"

이내 드러난 인영의 얼굴에 강혁은 놀랄 수밖에 없었다.

기억과 조금 차이가 나긴 했지만 분명 강혁 역시도 알고 있는 이였기 때문이었다.

"후후, 오랜만이죠?"

반가운 미소로 인사를 건네는 묘령의 여인.

기억보다는 훨씬 더 성숙해보이고 가지고 있던 이미지 역시 상당 부분 달라진 모습이었지만 강혁은 그 속에서 그녀의 이름을 떠올릴 수 있었다.

"윤손하?"

"후후, 잊지 않았네요? 사혁 오빠."

이 모든 일이 시작되던 첫 번째의 탈출 미션 이후로 소식은커녕 기억에서조차 잊어버리고 있던 그녀와 생각지도 못한 장소에서 마주치게 된 것이다.

그때는 지금의 강혁이 아닌 사혁으로써 그녀와 함께 했었다. 하지만 강혁은 분명히 그녀를 기억하고 있었다.

"뭔가 많은 일들이 있었던 모양이네."

"말로 다하긴 힘들죠."

윤손하는 어깨를 으쓱하며 너스레를 떨었다.

예전의 긴장해있던 모습에 비하면 상당히 여유롭고 능글맞아지기까지 한 모습.

'어쩌면 저게 본래 성격이었던 건지도 모르지.'

강혁은 적당히 고개를 끄덕이고는 그녀를 겨냥하던 창날을 거두었다.

그렇다고 해서 완전히 긴장을 놓은 것은 아니었지만 적어도 당장 느껴지는 분위기나 기세에서 어떠한 적의도 찾을 수가 없었기 때문이었다.

"여러모로 할 말이 많을 것 같은데… 잠깐 어디로 들어갈까요? 계속 여기 서서 말하긴 좀 그렇잖아요?"

"…그러지."

윤손하의 제안에 강혁은 고개를 끄덕였다.

"근데 그 여자애는 뭐예요? 플레이어는 아닐 테고……."

"그냥 여관 직원이야."

"여관 직원이요?"

그런 애를 왜 데리고 다니는 거냐고 묻는 듯한 윤손하의 시선에 강혁은 한숨을 내쉬고는 말을 이었다.

"내 전용으로 배정된 여자애였지."

"전용이요? 그럼… 아항~!"

윤손하는 여전히 알 수 없다는 듯 고개를 갸웃거리다가 이내 알겠다는 듯 탄성을 머금으며 야릇한 미소를 지어보였다.

"뭐냐. 그 알 거 다 안다는 듯한 표정은."

"후훗, 걱정 마세요. 전 항상 타인의 취향을 존중하니까요."

뭔가 상당한 오해가 깃든 것처럼 보였지만 강혁은 굳이 부정하지 않았다.

그런 것 따위를 설명하고 있기에는 돌아가는 상황이 그다지 여유롭지만은 않았기 때문이었다.

'확실히 이유를 말하라고 하면 딱히 할 말이 없기도 하고.'

사실 미션과 관련이 있는 것도 아닌데 굳이 네리아를 챙길 필요는 없었다. 같이 다닌다고 해서 딱히 도움이 될 것 같지도 않고 말이다.

하지만 그럼에도 그녀를 데리고 온 이유는 '정'이라고 하는 비효율적이기 그지없는 감정 때문이었다.

'…무뎌진 건가.'

아마 사혁이었더라면, 아니 강혁이라고 해도 이전에는 절대로 하지 않았을 선택이었다.

별다른 가치도 없는 일에 위험을 분담하기에는 너무나도 위태로운 상황들을 지나쳐야만 했었으니까.

'아니, 달라진 거겠지.'

약간의 혼란과 자괴감이 다가왔지만 강혁은 이내 고개를 저어 모든 상념들을 지워버렸다.

모든 것을 합리적으로 판단하고 필요에 따라서는 인간관계 따위는 과감하게 잘라내던 사혁이라는 남자는 지금의 강혁과는 분명 다른 존재였기 때문이었다.

"일단 가까운 건물로 들어가지."

"그럼 저기로 가죠."

무심히 건넨 말에 윤손하가 푸줏간의 맞은편에 있던 2층

짜리 건물을 가리킨다. 고개를 끄덕인 강혁이 먼저 발걸음을 옮기기 시작하자 그 옆으로 윤손하가 따라붙었다.

"……."

그런 두 사람의 뒤로 네리아가 다급히 따라붙었다.

왠지 모르게 조금은 답답함이 깃든 듯한 표정이었다.

톱스타의 킬링필드

Hell is coming

chapter 2. 흘러간 시간

Hell is coming

chapter 2. 흘러간 시간

"그러니까 이 모든 게 다 환상이라고?"

"조금 애매하긴 하지만 그렇다고 할 수 있죠."

윤손하의 대답에 강혁은 한숨과 함께 고개를 내저었다.

그녀의 입으로부터 나온 이야기들은 생각보다 꽤 충격적인 내용을 담고 있었기 때문이었다.

아니, 사실 충격적이라기보다는 조금 복잡한 이야기였다.

그녀의 말에 의하면 안개가 생긴 뒤로부터 이어졌던 모든 일들은 사실이며 또한 사실이 아니었다.

여기까지만 들어서는 대체 뭔 소린가 싶겠지만 하나하나 파고들기 시작하면 이해할 수밖에는 없게 되는 것이다.

우선 실질적으로 이 모든 현상들은 환각이었다.

마을 전체를 뒤덮은 안개가 영역에 속한 모든 이들에게 강력한 환각을 주입하는 것이었다.

즉, 지금 서서 움직이고 있는 이 공간들은 꿈속일지도 모른다는 뜻이다.

깨어서 움직이는 당사자의 꿈속일 수도 있으며 이 마을에 거주하는 누군가의 머릿속에서 비롯된 상상일 수도 있으며 모두의 의념이 조금씩 뭉쳐져 만들어진 악의의 원천일 수도 있었다.

중요한 점은 이 모든 것들은 결코 좋아질 수가 없는 '악몽'으로 이어지게 된다는 점이었으며 이것이 단지 깨어나면 그뿐인 꿈만은 아니라는 부분이었다.

'…믿는 순간 현실이 된다.'

그것이 바로 윤손하로부터 전해들은 핵심적인 이야기였다.

현실에 일어날 리가 없는 기현상들이 맹목적인 믿음에 의한 착각 따위로 실제 벌어진 사실로 인식하게 되는 것처럼 이 안개 지대는 강력한 실체력을 지니고 있었다.

루시드 드림.

자각몽이라고도 불리는 꿈의 경우 마치 실제와 같은 현실감을 느끼게 되며 일반적인 꿈과는 달리 꿈을 꾸는 당사자의 의사까지 어느 정도 포함되게 된다.

그 말은 곧 해당 꿈이 이어지는 동안은 그 세계 속에

깊숙이 녹아들게 된다는 뜻이다.

만약 꿈인지 현실인지 구분할 수 없을 만큼 실감나는 꿈을 꾸게 된다면 어떤 기분이 들까?

아마 대부분의 사람들은 어느 순간 눈앞에서 벌어지는 사실 그 자체에 집중하게 될 것이었다.

하지만 일반적인 경우 아무리 실감나고 강렬한 현실감을 지닌 꿈이라고 하더라도 결국에는 깨기 마련이었다. 그럼 돌아온 현실에서 꿈속과의 괴리감을 찾으며 겪었던 모든 것을 없었던 일처럼 놓아버리는 것이고 말이다.

하지만,

만약 꿈에서 깰 수 없다면?

'꿈의 세계를 현실처럼 인식할 수도 있겠지.'

바로 그 부분이 문제였다.

믿는다는 점.

고장 난 냉동차에 숨어들었던 범죄자가 결국 얼어 죽었다는 사례를 들어본 적이 있는가.

그것 역시 결국에는 믿음에서 비롯된 일이었다.

인간은 믿기만 한다면 정말로 죽을 수도 있었다.

설령 그것이 실제로는 벌어지지 않은 상상이나 환각을 통한 일이라고 해도 말이다.

이미 이 안개의 영역에 속한 모든 사람들은 각자와 연관된 현실 속에서 끔찍한 악몽에 시달리고 있을 것이었다.

그 중에는 이미 죽어버린 사람도 있을 것이며 어쩌면

몇 번씩이나 계속해서 죽어가고 있는 사람도 있겠지.

'데드미스트라고 했던가.'

이 모든 현상을 일으키고 있는 원흉이었다.

직역하면 죽음의 안개가 되는 이 존재는 본래는 형체도 없고 존재도 없이 돌아다니는 개체였다.

하지만 어느 순간 모여들기 시작하며 먹잇감이 있는 지역으로 강력한 환각을 불러일으키는 안개지대를 형성하며 그 안에 있는 사람들은 잠에 들어 끔찍한 악몽에 시달리게 된다.

데드미스트는 그 꿈속에서 발생되는 공포나 두려움, 슬픔, 분노 등의 부정적인 감정들을 흡수해 배를 채우는 괴물이었다.

그리고 사람들이 악몽을 현실로 믿는 순간부터는 당사자의 생기마저 흡수하는 것이다.

'아침에는 모두 돌연사를 당하게 되는 거지.'

자신이 죽었다고 믿게 되는 순간부터 당사자의 생기와 영혼의 통제는 데드미스트에게로 넘어가게 되기 때문이었다.

"그럼 어떻게 해야 하는 거지?"

"원흉을 없애야지요."

"데드미스트는 형체가 없다고 하지 않았어?"

"원래라면 그렇죠. 하지만 우리들은 플레이어니까요."

윤손하가 당연하다는 듯이 말했다.

"특권 같은 건가?"

"뭐… 그렇다고 봐야겠죠? 원주민들은 데드미스트를 인식하기는커녕 꿈과 현실을 구분하는 것부터가 힘든 것처럼 보이니까요."

"흐음."

침음성과 함께 강혁은 팔짱을 끼고 생각에 잠겼다.

이내 강혁이 다시 말했다.

"놈을 찾아낼 수 있는 방법은? 그리고 상대하는 방법도 알고 있어?"

"후훗, 물론이죠. 안 그러면 제가 뭣하러 이런 위험한 곳에 혼자 들어왔겠어요?"

"하긴 그도 그렇군."

고개를 주억이는 강혁의 반응에 윤손하는 힘을 얻은 듯 더 또렷한 목소리로 설명을 이었다.

"데드미스트는 사실 그 자체로는 그다지 강력한 괴물이 아니에요. 단지 찾기 힘든데다가 시간 제약까지 있어서 상대하기가 까다로운 거죠."

"시간 제약?"

"네. 시간 제약이요. 해가 뜨기 전까지의 시간이죠."

"꿈이 유지되는 시간을 말하는 군."

"바로 그거예요!"

즉각 알아듣고 답하는 강혁의 말에 윤손하는 조금 신이 난 듯 했다.

"즉, 아침이 밝기 전까지 데드미스트의 본체를 찾아서 없애버려야만 한다는 거군. 만약 시간 내에 놈을 없애면 이 모든 현상들은 사라지는 건가?"

"단지 모두가 끔찍한 악몽을 꿨다는 정도로 이야기가 마무리 지어지는 거죠."

강혁은 말없이 고개를 끄덕였다.

더 이상은 묻지 않아도 알 수 있었기 때문이었다.

'그렇다면 헤더 역시도 살아날 수 있겠군.'

분명 눈앞에서 끔찍한 형태로 죽어서 살인마의 모습으로 변하는 모습까지 봤지만 강혁이 믿지 않는 이상 그녀는 아직 죽은 것이 아니었다.

그리고 시간 내에 데드미스트의 본체를 처리할 수만 있다면 죽었다는 사실마저 잊혀지게 되는 것이다.

꿈에서 깨어나 현실을 인식하자마자 자신이 무심코 믿었던 사실이 가상의 일로 변하게 되는 것이니 말이다.

'흐음, 근데 어째서 두 사람은 나와 같이 움직일 수 있었던 거지?'

상념을 이어가던 강혁은 문득 떠오른 생각에 방 한쪽 구석에서 무릎을 안고 기대어 앉아 있는 네리아의 모습을 응시했다.

만약 이것이 각자의 개인에게 통용되는 악몽의 세계고 그것에서 자유로울 수 있는 것이 플레이어들뿐이라면 헤더도 네리아도 등장하지 않았어야 정상이 아닌가?

'이것도 내가 믿었기 때문인가?'

근래에 가장 가까이하고 가장 많이 봤던 존재라면 역시 네리아와 헤더였었으니까.

그 외의 존재라면 쥬시와 홀트 역시 있었지만 두 사람의 경우는 딱히 인식되지 못했던 것 같았다.

어쩌면 이미 두 사람은 강력한 각자의 악몽 속에 갇혀서 허우적거리는 중일지도 모르고 말이다.

'…복잡하군.'

고개를 절레절레 흔든 강혁은 이내 잡념을 지워버리고는 한 가지 사실만을 떠올렸다.

"그럼 이제부터 사냥을 시작하는 건가?"

"그보다는 추적부터 해야죠."

의욕적인 강혁의 말에 윤손하는 작게 한숨을 내쉬며 어깨를 늘어뜨렸다. 확실히 이 안개 속에서 데드미스트의 본체를 찾는 것은 쉬운 일이 아닌 모양이었다.

"하다못해 단서라도 찾을 수 있으면 쉬울 텐데 말이죠."

"단서?"

"네. 녀석은 계속해서 형체를 이루는 게 아니라 특정 장소에서 형체를 일으켜 좀 더 강력히 능력을 행사하거든요. 그러다가 떠난 장소에는 놈이 남긴 형체의 흔적이 남죠."

"흐음."

윤손하의 설명에 강혁은 잠시 턱을 매만지며 생각에 잠겼다. 뭔가 떠오를 것 같은 기분이 들었기 때문이었다.

"흔적만 찾으면 놈을 추적할 수 있는 건가?"

"물론이죠. 저는 헌터 직업군이거든요. 거기에다 따로 악령 추적기까지 가져왔으니 최초의 발현 흔적만 발견하면 바로 놈의 뒤를 따라갈 수 있을 거예요."

"그렇다면…."

"응? 혹시 뭔가 알고 있는 거라도 있어요?"

"그럴지도."

간단히 대답한 강혁은 처음 잠에서 깨어났던 여관에서 벌어진 일에 대해서 간략하게 설명했다.

네리아를 구출하며 마주했던 정체불명의 괴물과 여관을 떠나면서 남겨졌던 헤더가 죽어서 어떤 모습으로 변했는지에 대해서도 말이다.

"아! 그게 맞을 거예요! 지금 당장 여관 쪽으로 돌아가면 되겠네요. 바로 가보죠!"

생각지도 못한 돌파구의 발견에 윤손하는 잔뜩 들뜬 것처럼 보였다.

하긴 재수가 없으면 밤새 안개 속을 헤치며 다니다가 보상도 받지 못하고 탈출을 해야 할지도 모르는 상황에서 지름길을 발견했으니 얼마나 기쁘겠는가.

참고로 윤손하의 경우는 처음부터 마을에 머물다가 안개지대에 속하게 된 것이 아니라 외부에서 의뢰에 따라 파고들어온 케이스였다.

모험가들이 받을 수 있는 의뢰들 중에는 추가 보상을

받을 수 있는 '급박 의뢰' 라는 것이 있었는데 말 그대로 빠르게 해결해야만 하는 의뢰였다.

윤손하는 '데드미스트를 처리하라.' 라는 급박 의뢰를 받고서 즉각 포탈을 탔고 그를 통해서 도착한 곳이 바로 이곳이었던 것이다.

본래라면 그녀 본인에게도 통용이 되는 개인적인 공간에 들어가게 되었겠지만 이 마을에는 이미 강혁이 있었기 때문에 같이 편입되었던 것 같았다.

즉, 강혁은 의식하지도 못한 채 데드미스트 처리의 의뢰를 승낙한 셈이었던 것.

"그나저나 대체 어디서 뭘 했던 거예요? 원래 여기서 사람을 찾는다는 게 쉬운 일은 아니지만… 그래도 지난 2년 동안은 꽤 열심히 오빠를 찾아다녔었거든요."

"그냥 이래저래 살았지."

강혁은 적당히 얼버무렸다.

딱히 대답해줄 만한 이야기는 없었으니까.

'시간이 어긋났으니.'

강혁이 첫 번째의 미션에서 일반적인 생존 방법이 아닌 별도의 탈출구를 찾아서 탈출한 순간부터 강혁과 남겨졌던 다른 플레이어들 사이에는 커다란 격차가 발생되었다.

단순히 특전으로 얻는 스텟이나 아이템 보상 같은 부분이 아니라 시간적인 부분에서 차이가 나게 된 것이다.

강혁이 첫 번째 의뢰의 가산 점수로 인해 이후 계속해서 최고 난이도의 의뢰들만 만나며 생고생을 하는 동안 다른 플레이어들은 상대적으로 쉬운 의뢰들을 빠르게 공략해 나간 모양이었다.

물론 그렇다고 해서 그것들이 말처럼 다 쉬운 미션들은 아니었겠지만 상대적으로 그러했다는 말이다.

윤손하의 경우는 튜토리얼에 가까운 초반 10개의 시나리오를 모두 순조롭게 마무리 지었으며 불과 2달여 만에 미스트의 세계로 접하게 되었다고 했다.

그 이후로 작은 것부터 차례차례 의뢰를 해결해 가며 레벨 업을 하고 강해져서 지금에 이르렀다나?

참고로 현재 그녀의 레벨은 29였으며 모험가 등급은 A랭크였다. 강혁이 이제 겨우 10레벨을 달성해서 막 직업을 획득할 자격을 얻었다는 점을 고려해보면 어마어마한 레벨의 차이였다.

레벨은 보통 5 단위로 올리기가 무척이나 힘들어진다고 하니까.

아마도 지난 A등급의 고대 뱀파이어 처치 의뢰로 4레벨이나 상승했던 것은 첫 의뢰로 불가능에 가까운 의뢰를 택했기 때문이었던 것 같았다.

일반적인 경우 고작 5레벨의 플레이어가 A등급의 의뢰를 해결하는 것은 불가능한 일이었으니까. 그러니까 그 경우는 일종의 하드모드 가산점이 추가된 것이었다.

그렇지 않고서야 아무리 등급 간에 난이도 차이가 있다고

해도 B등급의 의뢰를 5건이나 해결을 했는데 겨우 1단계의
레벨만이 상승할 리가 없지 않은가.

❖

시작이 반이라고 했던가.

지레 겁을 먹어서 시도조차 하지 못하는 사람들을 일깨
우기 위해 만든 말이라고 생각했지만 이 경우에는 정말로
시작이 반처럼 되고 말았다.

"의외로 무지 싱거운데?"

"…그러게요."

얼빠진 윤손하의 대답을 들으며 강혁은 멋쩍어 볼을 긁
었다.

그녀와 만난 지 불과 1시간 뒤.

안개에 대해 듣고 본격적인 사냥을 나서기 시작한 시간
을 고려하면 거의 30여분 만에 결판이 났기 때문이었다.

살인마들이 추격해 올 거라는 경고가 무색하게 아무런
방해도 받지 않고 여관으로 돌아온 강혁은 잿더미처럼 변
해버린 건물 앞에서 데드미스트의 흔적을 발견할 수 있었
다.

바닥에 끈적하게 눌러 붙은 타르 같이 생긴 형체가 바로
그것이었다.

윤손하는 흔적을 보고서 눈을 빛내더니 곧장 악령추적기

69

를 꺼내서 바닥에 설치했고, 이어서 '추적술'이라는 이름
의 스킬까지 발동시켰다.

그것은 꽤나 신기한 광경이었다.

먼저 흔적들로부터 시커먼 연기가 피어오르는가 싶더니
악령추적기의 위쪽 꼭짓점으로 맴돌다가 푸확- 하고 터지
며 사방으로 뻗어갔다.

멀어지면 질수록 그 입자가 흐려지며 안개 속으로 묻혀
들어가는 것이다.

그것은 마치 전함이나 잠수함 따위에 포함된 레이더의
발산 장면과도 같았다.

윤손하는 악령추적기가 퍼뜨린 범위 내에서 몇 가지의
추가적인 흔적들을 발견하는가 싶더니 이내 방향을 잡고서
는 앞장서기 시작했다.

그 과정에서 망치를 든 살인마라던가 톱을 든 살인마, 단
검을 든 살인마 등등 다양한 형태의 무기를 지닌 살인마들
이 습격을 가해왔지만 그들은 이제 위협이 될 수가 없었다.

강혁만으로도 충분할 텐데 거기에 윤손하까지 가세했으
니 위태로워질 리가 없는 것이다.

사냥꾼 계열의 직업군을 지니고 있다던 윤손하는 석궁을
쏠 때마다 스킬을 발현하는 듯 했는데 그렇게 날아간 볼트
들은 하나같이 대단한 위력을 머금고 있었다.

볼트에 맞은 살인마들은 얻어맞은 부위가 너덜거릴 정도
로 박살이 나거나 크게 충격을 받아 튕겨져 나갔다.

상황이 그렇게 되고 보니 거의 대부분의 경우 살인마들은 굳이 강혁이 손을 쓸 필요도 없이 제거되기 일쑤였다.

그렇게 느슨한 와중에 유일하게 걱정을 안고 있는 대상이 있다면 역시 네리아였지만 그녀 역시도 활약을 못할지언정 꿋꿋이 따라붙으며 마주치는 상황들에 의연하게 대처하는 모습이었다.

그렇게 추적을 하다가 흔적이 끊어지면 다시 악령추적기를 사용하고 추적술을 사용하는 것을 반복하며 움직이기 시작한지 불과 30여 분만에 세 사람은 데드미스트의 본체를 마주할 수 있었다.

강혁이 네리아와 함께 잠깐이나마 마주친 적 있던 데드미스트는 마을 촌장의 집에서 발견되었는데, 그 모습이 한층 더 끔찍해져 있었다.

아무렇게나 눌러 친 찰흙 같은 몸체로 어디서부터 비롯되었는지 모를 인간의 팔 다리들이 곳곳으로 삐져나와 있었고 그 아래로는 곤충의 그것과 같은 가시들이 지네의 다리처럼 촘촘히 매달려 있다.

일렁이는 연기를 뿌려대는 몸체의 중심으로는 절규하는 사람들의 얼굴이 이따금씩 피어오르고 있었는데 그 모습이 마치 지옥의 일면인 것처럼 보여 섬뜩한 기분이 들었다.

하지만,

그런 외형들과는 무관하게 데드미스트는 정말 약했다.

'황당했지.'

정면으로 마주치자마자 스물스물 촉수를 늘어뜨리며 꿈틀거리는 모습은 그 자체로서 이미 공포였지만 그 외에는 아무 것도 보여주지 못했던 것이다.

천적에게서 살아남기 위해 몸집을 부풀려 대항하는 생물들처럼 일부러 끔찍한 외형을 만들어낸 것인가 싶을 정도였다.

'설마 한 방에 죽을 줄은 몰랐으니까.'

강혁은 놈을 보자마자 할 수 있는 최대의 기술을 사용하기로 마음먹고 즉각 달려들었다.

등 뒤로 싸이코키네스의 충격파를 발산하여 몸을 밀어내고는 로켓처럼 날아들며 내뻗는 창격 위로 나선력의 힘을 실은 것이다.

창날을 중심으로 강혁 스스로가 하나의 드릴처럼 변해 날아든 일격은 정확히 데드미스트의 중심을 꿰뚫었고, 그것으로 끝이었다.

운이 좋다고 해야 할지 요행이라고 해야 할지 첫 일격이 데드미스트의 몸체와 함께 내부 어딘가에 숨겨져 있을 핵까지 한꺼번에 파괴하면서 놈의 형체 자체를 흩어버린 것이다.

〈띠링! 축하합니다. 안개의 원흉이 제거되었습니다.〉

〈곧 안개가 걷히게 됩니다.〉

〈주어진 시험이 자동으로 해결됩니다.〉

〈급박 의뢰 '데드미스트를 처리하라'를 해결하셨습니다. 보상은 모험가 연합에서 받을 수 있습니다.〉

이것이 데드미스트의 격살 직후 떠오른 메시지들이었다.

얼떨떨한 표정으로 윤손하를 돌아보자 그녀 역시도 비슷한 상태인 모양.

결국 두 사람은 시선을 마주치며 얼빠진 대사나 내뱉을 수밖에 없었던 것이다.

"허무하네."

"네. 허무하네요."

그런 두 사람의 사이에서 네리아만이 상황을 파악하지 못한 채 우물쭈물하고 있었다.

❖

"……."

익숙한 여관방의 침대 위에서 강혁은 번뜩 눈을 떴다.

의식적으로 주변을 살피며 창문 쪽을 쳐다보자 새파랗게 내려앉고 있는 새벽의 전경이 보인다.

"음?"

허벅지 쪽에 느껴지는 이질감에 담요를 걷어내자 웅크린 채 쌔근거리고 있는 소녀의 모습이 보였다.

눈가가 눈물로 얼룩져 있는 것을 보니 슬프거나 무서운 꿈이라도 꿨던 것 같은 모양새였지만 현재의 표정은 썩 나쁘지 않아 보였다.

"으음… 음…."

입술을 오물거리며 신음하던 네리아가 문득 눈을 떴다.

"…강혁님?"

막 잠에서 깨어나 시야가 흐릿할 텐데도 곧장 강혁을 알아보고 말을 걸어온다. 강혁은 그녀의 머리를 부드럽게 쓰다듬어주었다.

"더 자라."

"끝난 건가요?"

"…음?"

설마? 하는 표정으로 강혁이 쳐다보자 네리아는 다시 말을 이었다.

"그 안개 괴물은 확실히 죽은 게 맞죠?"

"음? 너 설마 그걸 다 기억하는 거냐?"

"네. 조금 멍해서 마치 꿈을 꾼 것 같긴 하지만요."

네리아는 배시시 웃으며 고개를 끄덕여보였다.

뭔가 좀 더 자세히 설명하고 싶지만 더 이상의 말이 떠오르지 않는 듯한 표정이었다.

'희한하군.'

강혁은 고개를 기울이며 생각에 잠겼다.

필드가 걷히기 직전에 포탈을 통해 돌아가려는 윤손하를 앞에 두고서 나누었던 대화에 의하면 절대 있을 수 없는 일이었기 때문이었다.

데드미스트의 환각 속에서 멀쩡할 수 있는 것은 기껏해야 플레이어 정도라고 했다.

물론 일반적인 모험가들 중에도 특별히 뛰어난 정신력을 지닌 경우에는 환각을 이겨내는 일도 있었지만 대부분은 먹혀들고 마는 것이다.

그것이 바로 데드미스트가 본체는 한없이 약함에도 불구하고 A등급 위험도의 괴물로 평가받는 이유였다.

믿는 순간부터 실체력을 지니게 되는 괴물이니만큼 환각을 온전히 저항하지 못하는 존재는 이미 스스로의 상상력 때문에라도 데드미스트를 이겨낼 수 없기 때문이었다.

그럼에도 불구하고 데드미스트가 대륙 전체를 공포로 몰아가지 못하는 이유는 시스템에서 급박 미션이라는 개념으로 포탈을 연결시키고 그를 통해 의뢰를 해결하는 존재들이 있기 때문이리라.

아무튼, 요점은 평범한 존재는 데드미스트의 환각을 이겨낼 수 없다는 점이었다.

설령 환각 속에서 깨어나서 본신을 마주한 일이 있더라도 꿈에서 깨어나는 순간 모든 기억들이 흐려지며 악몽에서 깨어난 직후의 불쾌한 기분만이 남는다는 말이다.

하지만 네리아의 경우는 꿈에서 깨어났음에도 일어났던 일들을 비교적 정확하게 다 기억하고 있었다.

"혹시 가족이나 조상 중에 뛰어난 사람이라도 있었어?"

"글쎄요. 전 고아 출신이라서… 기억이 잘 안 나네요."

혹시나 해서 네리아에게 직접 물어봤지만 딱히 알아낼 수 있는 사실은 없었다.

고대 소서리스의 후예라던가 인간이 아닌 다른 종족의 피가 조금이나마 섞여있다던가 하는 이야기가 나오지는 않을까 싶었는데 말이다.

하지만 그녀에게 뭔가 숨겨진 이력이 있음에는 틀림이 없었다. 강혁은 그 부분에 대해서는 일단은 묻어두기로 하고 다시 네리아를 응시했다.

"일단 밑에 내려가서 아침준비부터 좀 해줄래?"

"아! 바로 가져다 드릴게요!"

침대를 벗어나며 명령을 내리자 네리아는 옷매무새를 빠르게 정리하는가 싶더니 이내 날듯한 걸음으로 방을 빠져 나갔다.

쿵쿵거리며 계단을 내려가는 소리가 들리는 것을 보니 뭔가 들뜬 것처럼도 보였다.

"그럼…."

욕실로 가서 가볍게 세수를 하고 정신을 차린 강혁은 조용히 문을 열고서 아래로 내려갔다.

2층에 위치한 종업원들이 머무는 방 쪽이었다.

꿈속에서는 죽어서 살인마로 변해버렸던 헤더가 무사한 지 확인하기 위함이었다.

"음? 일찍 일어났네요?"

가볍게 노크를 하고 기다리자 네글리제 한 장 차림의 헤 더가 부스스한 몰골로 맞아준다.

그런 모습인데도 여전히 특유의 요염한 분위기를 드러내 고 있었지만 표정은 영 좋지 않아 보이는 모습이었다.

물어보니 끔찍한 악몽을 꿨다고 했다.

"왠지 무슨 꿈이었는지 내용은 잘 기억이 나질 않지만 말이에요."

헤더는 머리를 절레절레 흔들며 그런 푸념을 늘어놓았 다.

뒤를 이어 이게 다 새벽까지 자신을 몰아붙였던 짐승 같 은 강혁 때문이라는 너스레를 잇긴 했지만 역시 괜찮아보 이지는 않는 모습에 더 자라고 말을 해주고는 물러나왔다.

"이게 평범한 반응이겠지."

닫힌 헤더의 방문 앞에서 물러서며 강혁은 정적이 머물 러 있는 복도를 응시했다.

헤더가 살아있는 것을 확인했으니 아마 다른 이들도 무 사할 것이었다.

'아마 다들 악몽의 후유증에 시달려야 하겠지만.'

그래도 잘 대처한 덕분에 의문의 대량 학살극은 벌어지 지 않았다는 점에서 약간의 뿌듯함을 느끼며 다시 계단을

오른 강혁은 침대에 드러누워 아침 식사를 기다리다가 그대로 늘어졌다.

금방 돌아올 것이라 생각했던 네리아가 식사가 담긴 그릇을 들고 올라오기까지 꽤나 많은 시간이 걸렸던 탓이다.

들자하니 여관주인이고 주방장이고 온통 눈 밑이 퀴퀴해져서 시체 같은 몰골로 흐느적거리고 있었던 탓에 직접 조리를 해야만 했다고 했다.

덕분에 평상시의 깔끔한 요리가 아니라 뭉개진 달걀프라이와 조금은 타들어간 소시지를 먹어야 했지만 다행히 맛은 그리 나쁘지 않았다.

'이제 슬슬 돌아갈 준비를 해야겠군.'

"…그 전에."

산뜻한 상태로 아침식사를 마친 강혁은 빈 그릇과 함께 네리아마저 내보내고는 침대에 누운 채로 스테이터스 창을 열었다.

〈스테이터스〉

근력: 25[+5]

체력: 24[+5]

순발력: 39[+8]

정신력: 35[+7]

카리스마: 15(+5)[+3]

총 6만큼의 보너스 포인트가 있었기 때문이었다.

'음, 일단은 보류해둘까?'

현재 강혁의 레벨은 11이었다.

본래 10레벨이었던 상태에서 본의 아니게 데드미스트 의뢰까지 해결하고는 경험치를 얻게 된 탓이었다.

의뢰와 관련된 금적이나 아이템과 같은 보상은 모험가 연합으로 가야만 받을 수 있었지만 경험치와 관련된 부분은 즉각적으로 반영이 되어 있었다.

하지만 아직 직업도 얻지 못했기 때문에 강혁은 포인트의 투자를 일단 보류하기로 했다.

안타깝게도 세피림 마을에서 전직할 수 있는 직업의 전당은 전사와 궁수 두 가지밖에 없었기 때문이었다.

마술사로 전직하기 위해서는 제대로 된 영주가 다스리고 있는 도시로 나가야 하는 모양이었다.

마술사는 태생부터가 마법사를 흉내 내기 위한 반쪽짜리 직업이라는 점에서 성장하기 어려운 데다가 모험가들 사이에는 그다지 환영받지도 못하는 직업이었지만 그렇기에 오히려 더 가치가 있기 때문이었다.

새롭게 태어나는 마술사들을 자신의 손아귀에 넣기 위해서라도 영주들은 자신의 힘이 닿는 곳에만 마술사의 전당을 짓도록 했다.

결국 직업이라는 형태로 능력을 부여하는 것은 시스템일 텐데 어째서 영주들이 그것을 좌지우지할 권력을 지닌 건지 알 수 없었지만 아무튼 일은 그렇게 돌아가고 있었다.

❖

"이번에는 꽤 오래 걸렸네요?"

잠이 들 듯 침대에 누운 채로 휴게 공간에 돌아오자 소파에 드러누워 감자칩을 먹고 있던 스즈가 손을 들어 맞아주었다.

아무래도 이 공간에 가장 오래 있는 존재가 그녀이다 보니 자신의 집이라도 된 것 마냥 편안해 보이는 모습이었다.

아무리 그래도 추리닝에 사과머리 모습은 어떤가 싶다.

거기에다가 감자칩은 또 어디서 구한 거야?

"아주 팔자가 폈구나."

"헤헷, 잠깐 쉬는 거예요. 잠깐."

강혁의 핀잔에 스즈는 넉살좋게 웃으며 실실거렸다.

역시 그녀는 성격이 변한 것처럼 보였다.

어쩌면 저게 본래의 성격일지도 모르는 일이고.

"시나리오는 다 깬 거야?"

"물론이죠! 안 그래도 그것 때문에 기다리고 있었던 거예요."

"따로 미션을 도전해도 되느냐 물어보려고?"

"맞아요. 헤헷, 역시 척하면 척이네요!"

여전히 실실대는 스즈의 모습에 강혁은 고개를 절레절레 흔들면서도 작게 실소를 머금었다. 그녀의 목소리에서 이전에는 찾아볼 수 없던 자신감과 즐거움이 느껴졌기 때문이었다.

그녀는 지금의 생활에 꽤나 만족하고 있는 것처럼 보였다.

'그럼 어디 얼마나 잘했나 볼까?'

강혁은 곧장 스즈의 상태창을 띄워보았다.

〈스즈 LV.10 (추종자)〉

-상태: 종속(건강)

-유대: 82%(친애)

-스킬: 그림자 일격, 분신술

※레벨 10달성으로 [직업: 닌자] 로 전직할 수 있게 됩니다. 전직하게 되면 [중급 추종자]가 되며 레벨이 다시 1로 돌아가고 현재 소유한 모든 스킬이 리셋 되지만 플레이어와 함께 미션이나 의뢰를 할 수 있게 됩니다.

'호오?'

강혁은 눈을 크게 치떴다.

스즈에게 레벨이라는 것이 붙어있는 것을 알게 된 순간부터 막연히 성장할 것이라 생각하긴 했지만 막상 그 성장을 눈앞에서 보니 묘하게 집중이 되는 느낌이었던 것이다.

스스로가 밝혔던 것처럼 그녀는 그동안 열심히 달려왔던 모양이었다.

보상창을 열어 누적된 현실에서의 시간을 확인하자 무려 56일의 시간이 갱신되어 있는 것이 보인다. 아슬아슬하게 모자라긴 하지만 거의 2달에 가까운 시간이었다.

이미 강혁 본인이 지니고 있던 시간이 9달분이나 있었으니 합치면 거의 1년 정도는 현실에 머무를 수 있는 시간이 모인 셈이었다.

강혁은 뭔가 칭찬을 바라는 듯 꼼지락거리고 있는 스즈를 보며 말했다.

"그동안 열심히 했네."

"물론이죠!"

"보니까 닌자로 전직할 수 있다네. 중급 추종자가 되면서 레벨이 1로 돌아가고 지금 가진 스킬은 다 사라진다고 하긴 하지만……."

"할게요!"

말이 채 다 이어지기도 전에 대답이 나왔다.

"응?"

"전직하겠다고요! 그게… 전직하면 이제 같이 다닐 수 있는 거 맞죠?"

"어… 그렇긴 하지."

묘하게 기세가 대단한 스즈의 질문에 강혁은 얼떨결에 고개를 끄덕였다. 스즈는 더욱 거세게 고개를 흔들며 자신의 말에 쐐기를 박았다.

"그럼 무조건 할 거예요. 전직! 당장 시켜줘요!"

이제는 아예 떼를 쓰는 모양새다.

혼자 방에 있는 게 그렇게나 심심했던 건가?

어쨌든 본인이 원하는 일이었다. 강혁의 입장에서도 그녀가 더 높은 단계의 추종자로 성장한다는 게 결코 나쁜 일은 아니었으니까.

"나중에 후회하지나 마라."

강혁은 괜히 엄포를 늘어놓으며 허공에 떠있는 스즈의 상태창으로 손을 가져갔다.

직접 전당을 찾아가서 직업을 얻어야만 하는 플레이어들과는 달리 추종자들의 전직 방법은 무척이나 간단했다.

추종자를 소유한 해당 플레이어가 추종자의 상태창 옆으로 생성된 〈전직〉 버튼을 누르기만 하면 되는 것이다.

기대감 어린 눈으로 이쪽을 쳐다보는 스즈의 시선을 애써 피하며 강혁은 전직 버튼을 눌렀다.

〈띠링! 추종자 '스즈'가 [직업: 닌자]로 전직합니다.〉

〈전직 시 중급 추종자가 되며 레벨 및 스킬들은 초기화됩니다. 그래도 진행하시겠습니까?(YES or NO)〉

왠지 모르게 오랜만에 보는 것 같은 선택지였다.

강혁은 망설임 없이 YES버튼을 눌렀다.

그와 동시에,

"아앗!"

스즈로부터 탄성인지 비명인지 모를 소리가 새어나왔다.

휘이이이-

그것을 시작으로 스즈의 몸 주변으로 보라색의 기류 같은 것이 휘도는가 싶더니 이내 그녀의 몸 전체를 집어삼켰다.

"악! 으읏, 아흐읏!?"

기류 속에서 대체 무슨 일이 벌어지고 있는 건지 점점 갈수록 야릇한 신음이 흘러나온다. 소리만 들어서는 흡사 격렬한 정사라도 벌이고 있는 것 같은 느낌이었다.

기류의 회전은 거의 5분 동안이나 진행되었다.

그 동안 강혁은 스즈가 흘리는 야릇한 신음소리를 계속해서 듣고 있어야 했고 말이다.

'나 참…'

여자를 모르는 나이도 아니고 겨우 신음소리 가지고 부끄러워질 리는 없었지만 역시 조금 민망한 것은 사실이었다.

슈아아아-

맹렬하게 회전하던 기류가 어느 순간 느려지는가 싶더니 이내 매듭을 풀 듯 천천히 흩어지기 시작했다. 그리고 그 안에서 모습을 드러낸 스즈는 기대와는 달리 좀 전과 별로 달라지지 않은 모습이었다.

"흐아아아…"

기류에서 나오자마자 잔뜩 상기된 얼굴로 선 자리에서 그대로 주저앉아 버리긴 했지만 말이다.

정말로 정사라도 치르고 온 것처럼 상기되고 풀어져서는 반쯤 넋이 나간 것 같은 모습이었다.

〈스즈 LV.1 (중급 추종자)〉

−상태: 종속(건강)

−유대: 96%(경애)(흥분)

−직업: 닌자(그림자)

−스킬: 잠행술

다행히도 전직은 제대로 진행되어 있었다.

가지고 있던 스킬은 모두 사라진 것처럼 보였지만 대신 새로운 스킬 하나가 생겨 있었다.

아마도 닌자 직업군에 따라오는 고유 스킬인 모양이었다.

"괜찮나?"

"으으…."

주저앉은 채 일어날 줄 모르는 스즈에게 말을 걸자 얼굴을 붉히며 신음만을 머금는다.

"전직은 성공했어. 뭔가 달라진 느낌 같은 건 있어?"

"그, 그게…."

"그게?"

"윽, 아무 것도 아니에요. 그냥… 좀 씻고 올게요."

스즈는 여전히 상기된 얼굴로 머뭇거리더니 내민 손마저 거절하고 비척대며 홀로 일어서서는 곧장 욕실로 뛰어 들어갔다.

아무래도 그 이상한 기류 속에서 땀을 좀 많이 흘렸던 모양이다. 그러고 보니 좀 전부터 약간 시큼한 냄새가 나는 것 같기도 하고.

"자, 그럼 이제 나는 어쩐다."

방 안에 홀로 남겨진 강혁은 잠시 우두커니 서 있다가 냉장고를 열어 안쪽 가득 채워져 있는 음료들 중 캔 콜라를 집어 들며 소파로 향했다.

좀 전까지 스즈가 누워있던 온기와 여기저기 널려진 과자 부스러기들이 조금 걸렸지만 앉아서 쉬는 데에 불편함은 없었다.

-끝장~ 도전! 오늘도 새로운 도전을 위해 우리 끝장 도전 팀이 모였습니다. 과연 오늘은 어떤 도전이 저희들의 앞에 놓이게 될지!

TV에서는 한국의 인기 예능 방송 중 하나인 끝장 도전이 방영되고 있었다.

그러고 보니 영화 촬영 일정과 더불어서 끝장 도전 출연과 관련해서도 스케줄이 잡혔다고 들었던 것도 같은데…….

"뭐, 앞으로 1년은 여유 있으니까."

강혁은 시리도록 차가운 콜라를 들이키며 소파에 기댄 채 늘어졌다. 그리고는 앞으로의 일들에 대해 다시금 떠올려 본다.

본래라면 현실에 대한 것, 연기와 영화, 인기와 스타가 되는 길에 대해서나 떠올려야 하겠지만 강혁은 머릿속은 그보다 좀 더 복잡해져 있었다.

윤손하와 나누었던 대화들과 현실에서 마주했던 일들로 인해 지금의 현실이 마냥 평범하지만은 않다는 사실을 깨달았기 때문이었다.

사실 이기적으로 생각하면 해결 방법은 간단했다.

주변에서 일어나는 모든 일들을 무시하고 자신에게만 집중하는 것.

현실의 이면에 사람들이 모르는 뱀파이어나 늑대인간 따위의 괴물들이 돌아다닌다고 한들 그게 무슨 상관이란 말인가.

어차피 놈들은 건드려도 탈이 나지 않는 약한 이들만 노릴 테고 그런 입장에서 유명세를 지니고 있는데다가 실질적인 무력까지 높은 강혁은 절대로 타겟이 될 수가 없었다.

'모른 척하기만 하면 말이지.'

하지만 강혁은 어째서인지 현실의 괴물들에 대한 생각을 접어버릴 수가 없었다. 아무래도 시스템과 현실간의 관련을 무시할 수는 없는 것이다.

"연관성."

과연 현실의 괴물들이 정말로 이전부터 존재했던 것일까?

그렇게 생각을 하면 확답을 할 수가 없었다.

'시스템 아래서 놀아나는 플레이어들은 시간도 세계도 모두가 뒤죽박죽이니까.'

강혁이 현실과 꿈속의 세계를 넘나들며 겨우 반년 정도를 지낼 동안 윤손하의 시간은 무려 3년이나 지난 상태였다.

특정한 자격이 갖추어진 플레이어들은 결국 미스트의 세계에서 마주치게 되긴 하지만 그 외에는 모든 것이 별개로 흘러가는 것이다.

그것은 아마도 평행세계의 개념일 터였다.

실제로 윤손하에 대한 정보는 현실에 존재하지 않았으니까 말이다.

아마도 그녀는 강혁과 아예 다른 시간대에서 살아가는 인물이든가 시간대는 같지만 겹쳐지는 평행세계 중 하나를 기반으로 살아가는 존재일 것이었다.

'어쩌면 그녀의 존재 자체가 가상일 수도 있고.'

지금껏 몇 번이나 뒤통수를 맞다보니 시스템과 관련된 일이라면 그게 무엇이든 곧이곧대로 믿을 수가 없었다.

"어쨌든 결국 선택은 한 가지네."

생각 끝에 강혁은 결론을 내렸다.

현실 쪽의 괴물들 역시 무시할 수는 없다는 결론이었다.

'안 하고 후회하는 것보다는 저지르고 후회하는 편이 나으니까.'

시스템과 직접적인 관련이 있는지 없는지 알 수 없는 상태라면 괜히 놔두었다가 뒤에 가서 발목을 잡히는 것보다는 차라리 지금부터 손을 써두는 편이 후회를 하게 될 가능성이 적을 것이라는 계산이었다.

"시간 벌이는 계속해야겠지."

강혁에게는 거의 1년 동안이나 현실에 머무를 수 있는 시간이 있었지만 그것만으로는 부족했다.

윤손하로부터 새로운 정보에 대해 들었기 때문이었다.

'시간도 판매할 수 있다니.'

플레이어와 관련된 대부분의 물건들을 구입할 수 있는 시공 상점과는 별개로 아는 사람들만이 아는 특수한 상점이 따로 존재하고 있었다.

항상 닿을 수 있는 것도 아니었으며 등장 시기조차 랜덤에 가까웠지만 어쩌다 가끔씩 그 모습을 드러내는 '시간의 저편'이라는 이름의 포탈이었다.

그곳에는 '타이머'라는 이름을 지닌 종족의 상인들이 머무는 곳인데 모아둔 시간을 건네는 대가로 일반적인 시공 상점에서는 구할 수 없는 희귀한 물건들을 구입할 수 있었다.

예를 들자면 '경험치 구슬' 같은 물건들 말이다.

빠른 성장을 필요로 하는 플레이어들에게는 그야말로 필수와도 같은 아이템이었다.

물론 그만큼 귀해서 간다고 매번 볼 수 있는 것도 아니며 그만큼 요구하는 시간의 양도 높은 편이었지만 그럼에도 경험치 구슬은 시간의 저편에서 가장 인기 있는 물건들 중 하나였다.

'방침은 두 가지 방향으로 봐야겠군. 현실의 일정들을 소화하면서 괴물들에 대한 것도 견제한다. 그리고 비는 틈마다 미스트로 넘어가서 의뢰들을 수행해서 시간을 계속해서 번다.'

생각을 마무리 지은 강혁은 어느새 비어버린 캔을 소파 앞 탁자 위로 대충 얹어 놓고는 욕실 쪽을 쳐다봤다. 욕실에서는 계속해서 쏴아아- 거리는 물소리가 들려나오고 있었다.

현실로 돌아가기 전에 얼굴이라도 한 번 더 보고 가려고 했는데 아무래도 샤워가 끝나기까지는 꽤나 시간이 걸릴 모양이다.

"그럼 슬슬 가볼까."

천천히 일어나 바지에 묻은 부스러기를 털고 침대로 다가가 편안하게 누운 강혁은 그대로 눈을 감으며 몸의 긴장을 풀었다.

그리고는 현실의 전경들을 떠올리며 속삭이는 것이다.

"리버스"

그것은 바로 '다이브'와 반대로 현실로 즉시 돌아갈 수 있는 명령어였다.

의식이 즉시 가라앉았다.

마치 깊은 물속에 빠지기라도 한 듯 고요함이 찾아왔다.

"……."

짧았던 침전감이 사라지고 천천히 눈을 뜨자 익숙한 거실의 전경과 함께 여전히 강혁의 모습을 반사하여 비추고 있는 시커먼 TV액정의 모습이 보인다.

"돌아왔군."

익숙한 전경에 안심감이 뒤따른다.

"또 다시 무사히."

어디서 무슨 일과 엮이던 결국 가장 안정이 되는 장소는 누가 뭐래도 역시 현실 쪽이었다.

돌아 온지도 어영부영 한 달이 지났다.

곧 영화 촬영의 시기였기 때문에 다분히 느슨하도록 스케줄을 조정하며 시간을 보내는 동안 강혁은 나름대로의 일로 바쁘게 하루하루를 지내고 있었다.

"아! 젠장! 좀!"

방 안에서 연신 열을 올리면서 욕설을 토한다.

벌써 10번째나 저격을 당했기 때문이리라.

"미친! 살인마 새끼! 으아아아~ 동료라는 놈들은 왜 이 모양이냐고오~~~!!"

컴퓨터 앞에 앉아서 VR기기를 뒤집어 쓴 채 두 팔을 허우적거리고 있는 모습이 그리 좋아보이지는 않았지만 강혁은 진지했다.

[아로마핸드]: ㅋㅋㅋ 개 못해!

[더밴드]: 차라리 직접 몸으로 뛰고 싶으실 듯 ㅎㅎ

[러브크래프트]: 저건 살인마가 잘하네요. 근데 레알 빡치긴 할 듯 ㅋㅋㅋ

[레드마스크]: 근데 저거 무슨 게임인가요? 무지 재밌어 보이네. VR용인가요?

눈앞에 비치는 화면의 우측 상단으로 작게 편성된 채팅창으로 수없이 많은 아이디와 글들이 빠르게 스쳐지나간다.

이게 어떻게 된 일일까?

그것은 얼마 전 심심해하고 있던 차에 게임광인 배우 동료로부터 '스트리머' 라는 것에 대해서 추천을 받은 것이 원흉이었다.

막 돌아왔을 때만 해도 스케줄을 재조정하고 곧 들어가게 될 영화 '달무리' 에 대한 준비를 하며 시간을 보내고 남는 짬마다는 현실의 괴물들에 대한 조사도 하며 그야말로 숨 돌릴 틈 없이 충실한 시간들을 보냈고 있었다.

하지만 어느 순간부터 조사해두었던 괴물들과 관련된 링크들이 모두 폐쇄되고 그들을 사냥하는 헌터들과의 접촉 또한 무산되면서 시간이 붕 떠버리고 말았다.

그때 말을 걸어주었던 것이 중견급의 배우이자 같은 취미를 공유하는 라이언이었다.

젊었을 적에 '데드풀'이라고 하는 마블 코믹스의 히어로로 자신의 자리를 확고히 한 그는 근래까지 SNL에서 고정 게스트로 출연하고 있었는데 지난번 촬영 때 만나서 친해졌었다.

같이 게임을 좋아하는 취미를 가진데다가 대화도 시원시원하게 잘 통해서 여러모로 자주 연락을 하고 지내는 사이였다.

가뜩이나 최근에는 새로운 히어로 영화인 '더 리퍼'의 오디션 문제로 조언을 요청하기도 했기에 더욱더 가까워져 있었다.

히어로 영화 쪽이라면 그에게 두 가지 흑역사가 있긴 했지만 오히려 그러니만큼 더 생생하고 현실적인 조언을 해줄 수 있었던 것이다.

아무튼, 그로 인해 자주 연락을 하던 차에 혹시 한가해지면 '스트리머'를 시도해보라며 조언을 해준 것이 그였다.

스트리머라고 하면 인터넷상으로 자신의 장기를 보여주거나 사람들과의 소통을 위해서 여러 가지 일들을 하며 컨텐츠를 만들어주는 일종의 개인방송을 말함이었다.

라이언의 경우 게임광으로써 일찍이 스트리밍까지 하고 있었는데, 스케줄이 없어서 쉴 때는 어차피 게임이나 할 거 스트리밍을 하며 팬들과 소통한다고 했다.

'그때는 좋은 생각인 것처럼 보였는데 말이지.'

강혁은 당시의 기억을 떠올렸다.

쉬는 시간들이 지루해지지 않을뿐더러 자동으로 팬 관리도 할 수 있으며 은근히 용돈 벌이도 된다는 악마의 속삭임.

그때만 해도 강혁은 라이언의 제안이 무척이나 합리적이며 효과적인 말이라고 생각했었는데 지금은 그 생각이 완전히 바뀐 상태였다.

'나한테 약을 팔다니!'

어느 고전 애니메이션에서 나온 캐릭터 중 하나인 지로보 선생이 그런 말을 했다.

인간이 5명이나 모이면 그 중에 하나는 반드시 쓰레기가 있다고.

스트리밍을 시작하고 게임을 하면 할수록 강혁은 그 말을 실감하고 있었다.

방송에 모여든 이들 중에는 순수하게 강혁과 소통하고 싶어 찾아온 팬들도 있었지만 악의적인 의도로 찾아온 안티들도 있었고 단순히 관심을 받기 위해 기행을 벌이는 별종들마저 있었던 것이다.

거기에다가 게임마다 따라다니며 강혁을 괴롭히는 저격 범들은 팬인지 안티인지 모를 지경이었다.

최근 강혁이 즐기고 있는 게임은 '호러 나이트메어'라 는 이름의 신작 게임이었는데, 말 그대로 공포 게임이며 여 러 명이 협력을 해서 살인마의 손에서 살아나가야만 하는 일종의 생존 게임이기도 했다.

생존자들은 최소 4명에서 최대 6명까지 존재할 수 있으 며, 생존자들의 숫자에 따라 살인마는 시작하는 능력치가 달라진다.

강혁은 이 게임을 팬들로부터 선물이라며 받았는데 일단 선물인 데다가 어떻게 주소를 알았는지 VR기기까지 함께 보내주었기 때문에 그 성의를 봐서라도 플레이를 할 수밖 에 없었다.

처음에는 재미있었다.

마이클마이어스, 제이슨, 프레디 등의 3대 살인마를 비 롯해 총 18종이나 되는 살인마가 있었으며, 생존자들은 생 성부터 다양한 커스터마이징을 하고 100여 가지나 넘어가 는 스킬들을 조합하여 자신만의 캐릭터를 만들 수가 있었 던 것이다.

팬들의 성화로 인해 생존자로 스타트를 끊었던 강혁은 일종의 운동계 대학생을 콘셉트로 캐릭터를 만들었었는데 VR이라는 특수성에도 불구하고 금세 적응해서는 게임을 즐기고 있었다.

헌데, 그렇게 조금씩 오르기 시작한 랭크가 문제였다.

상위 랭크로 가면 갈수록 등장하는 살인마의 실력이 높아지는 거야 당연한 흐름이니까 그럴 수도 있다 치지만 동료들마저 뒤통수를 치면 대체 어쩌란 말인가!

이 게임의 기괴한 점은 웃기게도 같은 생존자끼리도 해를 끼칠 수 있다는 점이었다.

요컨대 높은 곳에서 등을 떠밀어 죽게 만들거나 살인마가 가까이 있을 때 일부로 기척을 내고 자신은 빠지는 식으로 배신을 할 수가 있다는 말이다.

생존자들은 어차피 탈출을 해야 이득을 볼 텐데 대체 그런 일을 해서 무슨 이득이 있냐고 말할 수도 있겠지만 그점에서는 다시금 게임 제작사의 변태성을 확인할 수 있다.

'아이템 갈취에 경험치 갈취가 말이 되냐고!'

이 게임의 설정은 상당히 기이하면서도 익숙한 것이었다.

어떠한 힘에 의해 특정한 장소로 끌려온 생존자들은 시작하는 사람의 숫자에 따라 총 6~8개의 징표를 찾아내야 했으며 그것들을 파괴하거나 지워냄으로 인해 문을 열고 탈출을 할 수 있었다.

문제는 살인마가 돌아다니는 곳에서 존재하는 생존자들이 모두 선인은 아니라는 점이다.

아군을 배신하고 악행을 하면 할수록 생존자들은 '악행' 포인트가 쌓이게 되며 이것은 곧 게임이 끝났을 때에 꽤나 높은 수치의 점수가 된다.

설정이 그러했다. 생존자들이 어둠에 먹혀 악인이 되면 그대로 다시 새로운 살인마가 되는 것이라고 말이다.

실제로 악행 포인트를 쌓아 가다보면 해당 생존자는 어느 순간 '악인' 타이틀을 얻게 되며 그 상태에서도 계속해서 악행을 이어가다보면 끝내는 살인마로 전직할 수가 있었다.

하지만 거기까지 가는 길이 무척이나 지루하고 긴데다가 새롭게 만들어지는 살인마라는 것도 외형적인 이점을 제외하면 기존의 살인마들에 비해 그다지 나은 점이 없기 때문에 인기가 있는 길은 아니었다.

'근데! 왜! 내 게임에는! 그런 놈들 밖에 없냐고!'

때문에 강혁은 정말이지 미칠 지경이었다.

어느 순간부터 찾아들기 시작한 저격범이야 그러려니 했다.

모두에게 공개되는 방송을 하고 있다는 점부터 그런 일이 벌어지는 것도 다 감수하겠다는 뜻이니까.

실제로 저격범이 난립하기 시작한 초기에는 방플(방송을 보며 플레이를 함을 이르는 말)까지 하며 돌아다니는 살인마들을 상대로도 뛰어난 실력을 보여주며 캐리를 하기도 했다.

하지만 어느 순간부터 동료라고 할 수 있는 생존자들마저 뒤통수를 치기 시작하자 정말로 답이 나오질 않았다.

그러면 처음부터 아무도 믿지 않으면 그 뿐 아니냐고 말할지도 모르겠지만 말처럼 그리 간단한 문제는 아니었다.

'이 게임은 필연적으로 협동이 필요하니까.'

탈출하기 위해서 반드시 제거를 할 필요가 있는 징표.

바로 그 징표를 지우기 위해서는 최소 2명의 생존자가 힘을 모아야 했다.

특출나게 잘하는 한 명이 홀로 돌아다니면서 게임 전체를 캐리 할 수가 없다는 말이다.

바로 그 점 때문에 강혁은 함께하는 생존자들과 협력을 할 수밖에 없었는데, 순순히 잘 돕는 것 같아서 믿어볼까 싶으면 결국 뒤통수를 치는 것이다.

그런 식으로 배신을 당해서 살인마에게 죽거나 생존자들 중 하나에게 죽기를 반복하며 'YOU DIED' 라는 메시지를 본 것이 벌써 10판 째인 것이다.

그것도 연속 10판 째였다.

이건 수행이 대단한 고승이 와도 화를 내며 기기를 집어 던질 수밖에 없을 만큼 끔찍한 일이었다.

"후우우…."

책상 위로 몇 번의 샷건을 쳐내며 분을 푼 강혁은 조금은 가라앉은 마음이 되어 고글을 벗었다. 그리고는 캠 카메라를 보며 말을 잇는 것이다.

"아까 어떤 분이 직접 몸으로 뛰고 싶을 거라고 말씀하시던데… 지금 제 기분이 정말로 그렇습니다. 살인마고 생존자고 다 때려버리고 싶네요."

끓어오르는 분노를 억누르며 힘겹게 뱉어낸 미소의 소감 이었지만 방송을 보는 시청자들은 그저 다 재미있다는 반응이었다.

'도대체 스트리머들은 이걸 어떻게 버틸까?'

스트리밍을 시작한지 일주일 째.

기존의 인기로 팬들이 몰린 덕분에 타이틀은 이미 베스트 스트리머가 된 상태였지만 시간이 지나면 지날수록 강혁은 감탄하고 있었다.

오랫동안 방송을 이끌어가는 스트리머라는 사람들에 대해서 말이다.

그 사람들은 온갖 사람들과 저격범들은 물론이거니와 사람이 몰리면 자연적으로 생길 수밖에 없는 트러블들까지 해결하며 지금까지 이끌어 왔다는 뜻이 아닌가.

'진짜 대단하다. 대단해.'

겪어보면 볼수록 스트리머들이 대단하다는 생각밖에는 들지 않았다.

'얼핏 스치며 볼 때에는 그냥 자기 좋아하는 게임을 하고 적당히 리액션을 해주며 쉽게 돈 버는 직업이라고 생각했었는데 말이지.'

그런 생각들이 완전히 뒤바뀌게 된 계기가 되었다.

물론 실제로는 추가적인 관리를 해주는 매니저라는 존재가 있으며 방송의 규모가 크면 클수록 그런 세부화 역시도

커지는 법이었지만, 그 사실을 알 리가 없는 강혁은 그저 다른 스트리머들이 대단해 보였다.

사실 강혁의 경우는 너무나도 단기간 만에 방송의 규모가 커진 케이스였기 때문에 자잘한 것들이 준비될 시간이 없기도 했다.

"후우… 어쨌든 오늘은 여기까지 해야겠네요."

한숨과 함께 방송을 접겠다는 의사를 밝히자 채팅창이 마구 요동치며 애원이나 닦달에 가까운 말들이 올라온다.

그것들을 하나하나 읽으며 강혁은 말을 이었다.

"삐진 거 아니고요. 포인트 구걸 아닙니다. 그냥 포인트 같은 건 쏘지 마세요. 그냥 슬슬 스케줄에 대한 준비를 해야 해서 그래요."

장시간 같은 자세로 고정되어 있었기 때문인지 뻐근해진 어깨를 주무르며 계속해서 말을 잇는다.

"무슨 스케줄이냐고요? 뭐, 딱히 비밀은 아니니까 말씀드릴게요. 실은 조만간 영화촬영에 들어가거든요. 예? 아, 아니에요. 헐리우드 쪽이 아니라 한국에서 상영하게 될 영화예요."

영화에 대한 이야기를 밝히자 채팅창이 다시금 커다랗게 요동치기 시작했다.

주도적으로 날뛰던 게임 쪽의 팬들 대신 잠자코 숨어있던 배우 본연의 팬들이 모습을 드러낸 것이다.

"장르는 사극 멜로구요. 꽤나 액션성이 강한 영화라고 할 수 있겠네요. 예? 어디서 촬영하냐고요? 그것까진 말해 드릴 수 없죠. 네네. 조만간 한국에 들어갈 겁니다."

곧 한국에 돌아갈 거라는 말을 떨어지기가 무섭게 한국 쪽의 팬으로 보이는 사람들이 무려 한글로 정확한 시기를 물으며 마중을 나갈 테니 꼭 좀 알려달라고 광신도적인 물음을 던지기도 했지만 강혁은 적당히 얼버무리며 방송을 마무리 지었다.

"자, 그럼… 슬슬 준비해볼까?"

방송을 끄고 컴퓨터마저 끈 뒤 자리에서 물러난 강혁은 어질러진 자리들을 깔끔히 정리하고는 늘어져라 기지개를 켰다.

"미리 움직이는 편이 좋을 테니까."

벽에 걸린 전자시계를 확인하자 [FM 01: 28] 이라는 숫자가 보인다.

인천행 비행기 표의 예약시간인 4시 15분까지는 거의 3시간이 가깝도록 남아서 여유가 있는 시간대다.

하지만 강혁은 옷을 갈아입고 매무새를 정리하며 빠르게 준비를 하기 시작했다.

자주 비행기를 탔기에 노하우라고 할 것까지는 아니었지만 그동안의 경험상 공항은 시간을 맞춰가기 보다는 가서 기다리는 편이 마음이 편하다는 것을 깨달았기 때문이었다.

"슬슬 형이 부르겠네."

"야~ 준비됐어!?"

아니나 다를까 가방을 챙기고 여권과 비행기 표를 집어 들자마자 아래층에서 걸걸한 목소리가 들려왔다.

"어~ 바로 내려갈게!"

강혁은 즉각 대답하며 방을 나섰다.

계단을 내려가 거실로 들어서자 커다란 캐리어 가방을 두 개나 끌고 있는 종욱의 모습이 보였다.

"뭘 그렇게 많이 챙긴 거야?"

"다 필요한 순간이 온다. 게다가 이번에는 장기 일정이 잖아."

"그렇긴 하지만…."

강혁은 종욱과 그런 이야기를 나누며 집 밖으로 나섰다.

밖으로 나서자 어디 숨어있었는지 파파라치 나타나서는 사진을 찍어대기 시작했다.

하지만 강혁은 물론이거니와 종욱마저 쫓아내거나 불쾌 해하는 표정을 짓지 않고서 자세까지 취해주며 응해주었 다.

일단 파파라치로 나타난 이가 어울리지 않게 섹시한 느 낌이 드는 라틴계의 미녀라는 이유도 있었지만 그보다는 그녀가 강혁의 진성 팬이라는 점 때문이었다.

"어디 가시는 거예요?"

"네. 영화 촬영 때문에 한국에 다녀 올 거예요."

"와아아~ 대단해!"

태연하게 묻는 질문에 대답까지 하며 적당히 이야기를 나눈 강혁은 이내 종욱이 몰고 온 차에 짐을 싣고 탑승해 공항으로 향했다.

"아아… 역시나."

"일찍 나오길 잘했지?"

"그러네."

얼마 지나지 않아 마주친 지독한 교통정체 속에서 강혁은 그대로 늘어지며 하품을 했다.

톱스타의 킬링 필드

Hell is coming

chapter 3. 새로운 만남

Hell is coming

chapter 3. 새로운 만남

"허억, 드디어 도착! 이제 당분간은 여기서 머물 거야."

하필이면 엘리베이터가 수리 중이었던 탓에 10층까지 낑낑대며 캐리어들을 날라야만 했던 종욱이 숨을 몰아쉬며 짐들을 내려놓는다.

"오오, 제법 괜찮네?"

"그렇지? 후우, 급하게 구한 것 치고는 조건도 나쁘지 않아. 5000에 80이야. 나가는 시기는 우리 좋을 때 하면 되고. 지인한테 받은 거거든."

강혁은 설명을 들으며 집안을 하나하나 살폈다.

정말로 나쁘지 않았다. 아파트라고 해서 가구 하나 없이 텅 빈 집일 줄 알았더니 그럭저럭 괜찮은 전자제품들과 가구들로 깔끔하게 꾸며져 있었다.

아마도 종욱의 지인이라는 사람이 일 때문에 비우는 기간 동안 내놓았거나 별장 비슷한 개념으로 쓰이는 집인 것 같았다.

"참! 안방에는 가지마라. 좀 그래."

"왜? 어떤데?"

"실은… 여기가 친구 놈이 애인 생겼을 때 쓰는 장소거든."

"그 친구라는 사람은 유부남이고?"

"뭐, 그렇지."

강혁은 알겠다는 듯 고개를 끄덕였다.

불륜을 위해서 준비된 공간이라면 필시 보기 좋은 장면은 아니리라.

다행히 이 집은 무려 50평이나 되는데다가 안방을 제외해도 방이 3개나 더 있었기 때문에 잠깐 머물렀다 가는데 문제는 없었다.

"넌 어느 방 쓸래? 난 저쪽 방 쓰려고 하는데."

종욱이 택한 방은 입구 쪽과 가까운 가장 작은 방이었다. 강혁은 안방의 뒤쪽에 위치한 가장 구석진 곳에 위치한 방을 골랐다.

여러모로 종욱과 거리를 둬서 불상사를 피하기 위해서였다.

괜히 염력 컨트롤을 연습하거나 다른 스킬이나 아이템들

을 써보다가 들키기라도 하면 귀찮아질 게 뻔하니까.

"그럼, 짐 풀자."

"오케이."

대화를 끝마친 강혁과 종욱은 각자의 방으로 짐을 옮기기 시작했다.

"흠, 확실히 괜찮네."

구석 쪽 방은 아마도 별도의 손님이 찾아왔을 때에 대접하기 위한 용도인 것 같았다.

크게 꾸며진 것은 없었지만 침대가 갖추어져 있었으며 간단한 수납을 할 수 있는 옷장도 있었다.

무엇보다 마음에 드는 점은 바로 옆에 화장실이 딸려 있다는 점이었다.

참고로 이 집에는 화장실이 무려 3개나 있었는데 거실 쪽에 하나, 안방 옆에 하나, 그리고 구석 쪽 방의 옆에 하나가 있었다.

그 중 가장 큰 규모를 지닌 화장실은 안방 옆에 있는 것으로써 그 안에는 무려 월풀 욕조까지 설치되어 있었기에 욕조 성애자인 강혁으로서는 꽤나 탐이 나는 곳이었지만 호기심에 힐끔 안방을 살펴보고는 포기하고 말았다.

그야말로 불륜을 위한 장밋빛의 끝을 달리는 디자인으로 꾸며진 방안과 그를 보조하듯 끈적하게 이어지는 욕실의 디자인과 주변의 도구들에서 기함을 하고 말았던 것이다.

"후우, 대충 이 정도면 됐나?"

가방을 열어 몇 개의 옷가지들을 옷장에 밀어 넣고 노트북을 꺼내 책상 위로 놓고 연결까지 시킨 강혁은 더 이상할 일을 찾지 못하고 침대에 드러누웠다.

영화 촬영을 위한 사전 준비 및 미팅은 사흘 뒤부터 이루어진다고 했으니 앞으로 이틀간은 한량과도 같은 시간을 보낼 수 있게 된 셈이다.

'여기서는 알아보는 사람도 없어 보이니까.'

강혁은 문득 공항에서의 일을 떠올렸다.

지금 생각해도 얼굴이 화끈해질 만큼 부끄러웠던 경험이었다.

'더 열심히 해야지.'

그런 결심을 떠올릴 수밖에 없었다.

그만큼 쪽팔리는 일이 있었기 때문이다.

이번의 한국행은 나름대로 오기 전에 인터넷 방송에서도 흘린 데다가 파파라치에게는 친절하게 지금 한국으로 갈 거라며 대놓고 정보를 퍼주기까지 했지 않았던가.

그래서 막 대규모의 인원은 아니더라도 어느 정도의 환영 인파 정도는 나와 있지 않을까 하고 조금은 기대를 했었더랬다.

헌데 정말로 공항 입구부터 팬들이 가득 몰려 있는 게 아닌가. 그것도 족히 500명은 되어 보이는 숫자였다.

'그때 그러지 말았어야 했는데.'

강혁은 괜히 들떠서 사인이라도 해줄까하며 팬들에게

다가섰지만 돌아온 것은 들뜬 선망의 눈빛이 아니라 쌩 하고 스쳐지나가는 무관심이었다.

사실 공항에 모여든 팬들은 요즘 한국에서 제일 잘나간다는 남자 아이돌 그룹 '크러쉬'를 보기 위해 몰려들었던 것이었던 것이다.

괜히 머쓱해진 강혁은 그 뒤로 도망쳐 나오듯 공항을 떠서 이 집까지 직행했다.

한국에서 강혁의 인지도란 결국 그런 정도에 불과했다.

"그래도 이젠 제법 팬도 늘었는데 말이지."

현재 강혁의 팬의 숫자는 250만 명을 넘어선 상태였으며 한국에 있는 충성 팬들의 숫자만 해도 이제는 4만을 넘긴 상태였다.

하지만 어쩌겠는가.

상대는 한국에서만 100만에 가까운 팬 층을 보유한 인기 아이돌 그룹인 것을.

'상대가 될 리가 없지.'

그저 조금 더 열심히 하자는 결심을 다지며 강혁은 침대에 누운 채로 크게 팔 다리를 뻗어 노곤한 근육을 풀었다.

'그래도….'

그래도 이번 영화만 잘 되면 한국에서의 인지도도 크게 성장시킬 수 있을 것이었다. 이번에 찍게 될 영화는 말 그대로 성공이 보장되어 있는 작품이니까 말이다.

[시나리오 이름: 달무리]

작품성: A

흥행성: S

완성도: S

관객 동원율: 한국 기준 1000만에서 1200만 사이(변동 가능).

시나리오를 독파하고 보내진 대본이 닳을 때까지 열심히 매달린 결과였다. 본래는 800~1100만 사이였던 관객 동원율이 1000만에서 1200만 사이로 바뀐 것이다.

물론 앞으로의 진행에 따라 얼마든지 변동 될 수 있는 수치였지만 적어도 1000만짜리 영화가 뜬금없이 100만 이하로 풀썩 가라앉거나 하는 일은 없을 테니까.

시간은 빠르게 지나갔다.

'그냥 잠깐 빈둥거린 것 말고는 딱히 한 게 없는 것 같은데 말이지…….'

어느새 감독 및 배우들이 한꺼번에 모이는 미팅의 날이 다가온 것이다.

강혁이 잠시 영화에 대해 잊고서 미국에서의 활동에만 집중하는 동안 달무리 측은 천천히 준비를 해서 이제 모든

112 톱스타의 킬링필드 5

것이 다 갖추어진 상태였다.

감독이나 배우, 투자 등등의 여러 가지 문제들이 완전히 해결되어서 바로 촬영에 들어가기만 하면 되는 상태인 것이다.

특히나 배우진은 화려했는데, 주연인 강혁과 강채현을 제외하고서라도 악역으로 나오는 연남천 역의 배우는 물론 중간을 받쳐줄 수 있는 조연 역들까지 하나같이 화려한 경력을 지니고 있었다.

'떨리네.'

이번의 미팅은 강혁에게 있어서는 꽤나 떨리는 자리였다.

자리에 모이게 될 배우들은 하나같이 선배라고 할 수 있는 존재들이었으며, 감독이나 스텝들 역시도 경력이 오래된 베테랑들로만 구성되어 있었기 때문이었다.

한국에서는 기반이 아예 없다시피 한 강혁에게 있어서는 그 시작점을 다질 수 있는 중요한 자리이기도 했다.

'특히나 이번에 김성기 선배님도 하신다고 했던가.'

이제는 영화보다는 커피 광고에서 더 자주 볼 수 있는 인물이었지만 여전히 한국 영화계의 거목 중 하나라고 할 수 있는 김성기가 이번 영화를 복귀작으로 택했다.

그만큼이나 이번 시나리오 완성도를 비롯한 감독 및 촬영진에 대한 신뢰도가 높다는 뜻.

'그러니만큼 오늘의 자리는 더 중요하다. 뭐든지 첫인상이

중요한 법이니까.'

강혁은 왠지 시간이 가면 갈수록 입안이 자꾸만 말라드는 것 같았다.

심지어는 비슷한 나이 또래라고 할 수 있는 연남천 역의 배우 역시도 젊은 배우 층에서는 인지도도 높고 연기력도 뛰어나다고 평가받는 존재였기 때문이다.

어느 하나 만만한 상대가 없었다.

유일하게 비슷한 커리어를 지닌 상대라면 여주인공인 강채현이 있겠지만 그녀와는 동병상련 할 만큼 친하지 못했다.

"하하… 괜히 긴장되네."

오늘 모두가 모이기로 한 장소는 경기도 인근에 위치한 한 삼겹살집이었다.

본격적인 촬영 일정에 들어가기에 앞서 다같이 만나 얼굴부터 익히고 친분을 다져 좀 더 끈끈한 유대로 영화를 완성시키자는 취지에서였다.

쉽게 말하자면 시작하기 전에 일단 놀면서 분위기 좀 끌어 올리자는 의미다.

"걱정마 임마. 다 성격 좋으신 분들이야."

"형이 어떻게 알아?"

"야, 나 너 따라 움직이기 전까지만 해도 나름 연예계 마당발로 통하던 베테랑이거든?"

"네네, 대단하십니다."

괜히 너스레를 떠는 종욱의 노력 덕에 긴장을 조금은 풀어낸 강혁은 피식 웃으며 고개를 저었다.

"자, 그럼 가볼까?"

차에서 내린 강혁은 [원조 흑돼지 삼겹살] 이라는 간판이 빛나고 있는 가게를 향해 발걸음을 내딛었다.

딸랑딸랑~

문을 열고 들어서자 고깃집 특유의 고소한 냄새와 함께 시끌벅적한 사람들의 목소리가 들려온다.

오늘 이 가게는 전세를 냈다고 했으니 벌써부터 제법 많은 사람들이 모여든 모양이었다.

"어~ 이리로 와요!"

문 앞에서 서서 두리번거리고 있자 시나리오 작가이자 강채현의 소속사 사장이기도 한 김성욱이 강혁을 먼저 알아보고는 손을 흔들었다.

"하하, 오랜만이에요. 참 얼굴 보기가 힘드네요."

"아무래도 활동 지역이 다르다보니……."

오랜만이라는 말이 무색하도록 반갑게 맞아주는 김성욱의 인사에 멋쩍어져서 쓴웃음을 머금고 있자 옆에 있던 남자가 끼어들었다.

푸짐한 체형에 다소 지저분하다는 느낌이 들만큼 턱 주변으로 수염을 잔뜩 기른 중년의 남자였다.

"이 청년이 우리 주인공님이야?"

"아, 감독님. 맞아요. 바로 그 유명한 강혁군이죠. 참,

내가 소개를 안 했네. 인사해요. 여기 이 분은 이번에 감독을 맡아주실 황권호 감독님."

역시 감독이었나.

강혁은 즉각 고개를 숙이며 인사를 했다.

"만나 뵈어서 영광입니다. 신인배우 강혁입니다."

"하핫, 그렇게 깍듯이 인사할 거 없어. 그래도 친구가 참 예의가 바르네. 허허허."

다행히도 감독에게의 첫인상은 합격점을 받은 모양이었다.

하긴, 무려 90도의 직각 인사를 했으니 강혁으로서는 최대의 예의를 표한 셈이었다.

"어이~ 두 사람만 그러지 말고 나도 좀 소개시켜 달라고!"

"안 그래도 시켜줄라고 했어!"

감독과 인사를 나누기가 무섭게 또 다른 사람이 끼어들었다.

이번에는 다소 부드러운 목소리를 지닌 깔끔한 인상의 중년인이었는데 강혁은 그를 보자마자 긴장이 끌어 오르는 것을 느꼈다.

'헉! 김성기!'

이번 영화에서 커리어로만 따지면 단연코 최고 선배라고 할 수 있는 김성기가 벌써 도착해 있었던 것이다.

김성욱에게 안내되어 감독과 인사를 나누기 전까지만

해도 그가 있는지 알아차리지 못했었다. 워낙에 털털한 옷차림을 하고서 앉아 있었기 때문이었다.

등산복 차림으로 어떠한 꾸밈도 없이 술잔을 들이키고 있는 남자를 어떻게 대배우 김성기라고 생각할 수 있겠는가.

"만나 뵙게 되어 영광입니다! 김성기 선배님!"

긴장이 너무 과도했던 탓일까?

강혁은 감독으로부터 소개의 말이 이어지기도 전에 잔뜩 군기가 든 목소리로 크게 인사를 하며 깊숙이 고개를 숙여 보였다.

"푸하핫, 좀 전에도 그랬지만 대단한 인사네 그래."

"그러게. 요즘 애들 같지 않다니까. 소문에는 완전 콧대 높은 친구라고 들었는데 말이지."

크게 웃으며 말을 잇는 김성기의 평가에 감독도 웃으며 동조했다. 친근하게 말을 놓는 걸로 볼 때에 두 사람은 아마도 친구와도 같은 사이인 모양이었다.

"어쨌든 감독이랑 마찬가지로 나도 격식 같은 건 별로 안 좋아하니까 이리 와서 앉기나 해. 한국도 아니고 미국에서 잘 나가는 친구랑 한잔 해야지!"

"그럼 한잔 따르겠습니다."

분위기는 나쁘지 않았다.

감독에게 인도되어 한 자리를 차지한 강혁은 예의에 어긋나지 않으면서도 편안하게 녹아들며 감독과 김성기를 비롯한 주요 스태프들과 자연스럽게 인사를 나눌 수 있었다.

"어이쿠~ 뭐 벌써 이렇게 많이 모였습니까. 제가 제일 먼저 도착할 줄 알았더니."

"시끄러워. 왔으면 앉기나 해!"

술자리를 즐기고 있다 보니 배우들이 하나 둘씩 도착하기 시작했다. 각종 조연 배우들부터 주역에 가까운 역을 맡은 배우들까지도 말이다.

시간이 갈수록 술자리가 풍성하고 시끌벅적하게 변해갔다.

"늦어서 죄송합니다. 신인배우 강채현입니다!"

"늦었습니다."

가장 마지막에 모습을 드러낸 것은 여주인공인 강채현과 연남천 역을 맡은 배우인 장성우였다.

두 사람은 같이 들어왔는데 깍듯이 인사를 하며 고개를 숙이는 강채현과는 달리 장성우는 상당히 느긋하게 인사를 건네는 모습이었다.

보는 시선에 따라서는 다소 거만하다는 느낌마저 들 정도.

'음?'

그때 강혁과 장성우의 시선이 마주쳤다.

눈이 마주치자마자 장성우는 가볍게 고개를 까딱여보였다.

그의 위치에서보자면 딱히 잘못되지는 않은 인사.

하지만 강혁은 묘하게 그의 인사가 거슬렸다.

들키지 않도록 잘 가리고 있긴 했지만 미처 지워내지 못한 입가의 미소로부터 미미하게나마 적의를 읽어낼 수 있었기 때문이었다.

'…이것 봐라?'

간단히 인사만을 나누고서 곧장 시선을 거두고는 사람들의 틈바귀로 들어서는 그의 입가에 드리웠던 것은 명백한 조소였다.

"일찍 왔었나 보네요."

"주연부터 솔선수범해야죠."

조연 배우들의 틈바귀로 사라진 장성우와는 달리 강채현은 곧장 강혁의 옆자리로 안내되었다.

주연끼리 같이 앉아 있는 편이 아무래도 그림이 좋다나.

감독을 비롯한 주요 스텝과 인사를 나눈 강채현이 뒤늦게야 건넨 인사에 대충 답해준 강혁은 힐끔 장성우 쪽을 보고는 애써 시선을 거두었다.

'좀 신경이 쓰이긴 한다만……'

어차피 저쪽도 오늘은 딱히 뭔가 할 것처럼 보이지는 않으니까.

"그 말을 들으니 저는 꼭 거드름이라도 피운 것 같네요. 이래 뵈도 스케줄이 끝나자마자 바로 온 건데 말이죠."

"네네, 요즘 꽤나 핫 하시다고 들었습니다."

오히려 강채현 쪽에서 날카로운 반응이 돌아왔지만 강혁은 이번에도 대수롭지 않게 대답을 이었다.

"맞아요. 제가 요즘 좀 핫 하죠."

"허, 자기 입으로 그런 말을 하다니……."

"제가 좀 뻔뻔해서요."

강채현은 핀잔에도 굴하지 않고서 콧대를 세웠다.

뭐, 확실히 최근 그녀의 기세는 대단한 편이긴 했다.

'나 혼자 살자 였나?'

아직 영화를 찍기 전임에도 불구하고 그녀가 유명세를 탄 데에는 우연찮은 계기가 있었는데, 축약하자면 친구 따라 갔다가 엉뚱하게 자신이 대박을 친 것 같은 느낌이었다.

최근 그녀의 소속사 측에서는 밀고 있는 걸그룹이 있었는데 적당히 인기를 끌고 있으면서도 결코 A급으로까지는 갈 수 없는 딱 그런 정도의 그룹이었다.

바로 그런 굴레를 뛰어넘기 위해서 택한 것이 리더인 제이현의 예능 출사표였다.

그야말로 약육강식의 세계와도 같은 리얼 버라이어티나 토크쇼보다는 혼자서 뭔가를 할 수 있는 예능을 찾다보니 걸린 것이 '나 혼자 살자' 였고 말이다.

강채현은 그런 그녀의 친구로 방송에 출연했다.

실제로 친분이 두터운 제이현이 다소 밋밋해질 수 있는 방송에 도우미로 그녀를 요청한 것이 신의 한수가 된 것이다.

약간은 마이웨이 성향이 있는 강채현은 방송임에도 불구하고 화장은커녕 옷차림마저 대충 추리닝을 걸쳐 입은 모습으로 나타났다.

그런 다음에는 아무렇게나 드러눕는다거나 주방을 뒤져 만들어낸 비빔밥을 밥통 째로 긁어 먹는다던가 하는 흔치 않은 매력들을 선보이고 간 것이다.

이미지 관리 따위는 밥 말아먹은 것과도 같은 태도였지만 오히려 그 점이 사람들에게 호감을 샀다.

거기에 그녀의 과거 직업이 성우이며 유명 게임 캐릭터인 매도소녀의 역할을 맡았었다는 사실이 알려지면서 화제가 되기 시작하더니 끝내는 포털 사이트의 인기 검색어 3위까지 찍으며 유명세를 얻게 된 것이다.

이후 그녀는 각종 예능 방송 등에 섭외되어 나갈 때마다 은근한 매력을 쌓아가며 자신의 입지를 완전히 굳힌 상태였다.

최근에 출연했던 예능 방송에서는 은근슬쩍 촬영에 들어가게 될 영화에 대한 정보를 흘리기도 했다고 하니 달무리의 관객 동원율이 성장한 것에는 어쩌면 그녀의 공이 컸는지도 몰랐다.

"어쨌든 잘 됐네요."

"그래봤자 아직 그쪽에 비하면 세발이 피지만요."

강채현이 입술을 삐죽 내밀며 답했다. 아무래도 그녀는 강혁에게 약간의 경쟁의식이 있는 듯 했다.

"확실히 강혁 군에 비하면 좀 모자라지? 사실 나도 강혁 군에게는 좀 꿇리는 감이 있거든. 난 결국 헐리우드 진출에 는 실패했으니까."

강채현과 은근한 신경전을 벌이고 있자 돌연 김성기가 끼어들어왔다.

"에이~ 무슨 그런 말씀을! 제가 어떻게 선배님하고 비교 할 거리라도 되겠습니까!"

"그런가?"

"그렇죠. 선배님은 한국 영화계의 전설 아닙니까!"

"하핫, 자네가 그렇다면 그런 거겠지!"

다급히 머리를 조아리자 김성기는 호탕하게 웃으며 빈 잔을 채워주고는 자신이 직접 스스로의 잔까지 채웠다. 그 리고는 뭐라 말을 건네기도 전에 잔을 들어 올리며 외치는 것이다.

"그럼 건배! 채현 양도."

"거, 건배!"

"건배…."

그렇게 혼란스러운 분위기 속에 세 사람은 짠! 하고 잔을 부딪치고는 단숨에 안에서 물결치는 투명의 액체를 삼켰다.

"크으으…!"

저절로 튀어나오는 감탄사.

그 이후로 세 사람은 각자의 잔을 채워주며 두런두런 이야기를 나누게 되었다.

대부분은 김성기가 물음을 던지고 두 사람이 대답하는 구조였지만 그는 지나온 역사만큼이나 영화판에 대한 다양한 경험과 지식을 지니고 있었기 때문에 결코 대화가 지루하지 않았다.

나중에 가서야 생각하게 된 거지만 그는 어쩌면 처음부터 이런 흐름을 노리고서 끼어든 건지도 모르겠다는 생각이 들었다.

그대로 두 사람이 말다툼을 하도록 두었다면 언성이 높아졌을지도 몰랐을 일이었다.

'과연 이게 대배우의 내공인가!'

새삼스러운 감탄을 새기며 강혁은 그날 코가 삐뚤어질 때까지 마셨다.

뛰어난 신체 능력 덕분인지 그렇게나 마시고도 필름이 끊어진다든가 휘청거리며 넘어진다든가 하는 일은 없었지만 나름대로 아찔한 느낌이 들만큼 실컷 퍼마신 하루였다.

덕분에 강혁은 어울리지도 않게 '주신(酒神)'이라는 별명마저 얻을 수 있었다.

대부분의 배우들이 마시다가 쓰러지거나 적당히 끊고서 떠나는 와중에도 끝까지 자리에 남아 술을 마셔댔기 때문이었다.

'4차까지 갔던가?'

초저녁부터 시작됐던 술자리는 거의 새벽 4시가 다 돼서 끝을 맺었었다.

가게를 옮겨가며 마지막까지 이어졌던 술자리의 마지막
에는 감독과 김성기를 비롯한 주요 스텝들이 자리하고 있
었고 말이다.

덕분에 강혁은 한국에서의 시작점을 좀 더 굳건히 다질
수가 있었다.

감독과 김성기는 물론이거니와 함께 술자리를 이어갔던
몇몇 조연 배우들을 비롯한 각종 스텝들과 친분을 다질 수
있었기 때문이었다.

특히나 감독과 김성기와는 호형호제하는 사이까지 된 상
태였다.

"덕분에 숙취를 안게 되긴 했지만 말이지."

다음날 정오가 다 되서야 눈을 뜬 강혁은 깨어난 장소가
익숙한 집안이라는 것에 안도감을 느끼면서도 새삼스레 미
소를 머금었다.

얻게 된 부작용에 비해서는 어젯밤 얻어낸 것들이 가치
가 훨씬 더 컸으니까.

게다가 신체능력 때문인지 마신 것에 비해서는 숙취도
그리 심하지는 않았다.

그렇다고 해도 숙취는 숙취였지만 말이다.

"아오… 머리야."

이마를 움켜쥐며 거실로 나가자 바닥에 대자로 엎드린
채 기절해있는 종욱이 보였다. 그는 2차까지만 해도 잘

따라오고 있었는데 3차에 들어서는 중간에 돌연 기절해 버려서 택시에 태워서 보내버렸었다.

보아하니 술에 취한 와중에도 무사히 집을 잘 찾아서 돌아온 모양이었다.

문득 삼겹살집의 주차장에 남겨두고 온 차가 떠올랐지만 강혁은 이내 고개를 저어 생각을 거두었다.

어차피 본격적인 촬영 일정에 들어서는 것은 앞으로도 일주일은 더 지나야만 했기 때문이었다.

시작 전에 미리 배역을 점검하고 연기를 맞춰보는 진정한 의미의 미팅 자리가 이틀 뒤에 있긴 했지만 그 역시도 나름 여유가 있었다.

"그럼… 오늘은 또 한량처럼 뒹굴어볼까?"

욕실로 들어가 세수를 하고 대강 정신을 차린 강혁은 습관처럼 냉장고를 뒤져 콜라를 꺼내어 들고는 널브러진 종욱의 시체(?)를 지나쳐 소파에 기대어 앉았다.

그야말로 이불 밖은 위험하다고 외칠 것만 같은 백수의 표본과도 같은 자세였다.

'딱히 아는 사람도 없고, 할 일이 있는 것도 아니니까.'

아는 사람들이라고 해봤자 과거 소속사에서 겉핥기식으로 얼굴만 익혔던 이들이나 사장 덕분에 룸살롱에서 마주쳤던 인물들 밖에는 없었다.

'그나저나 나도 참 인간관계가 쓰레기 같긴 하구나.'

사혁일 때의 기억을 돌아봐도 강혁일 때의 기억을 돌아

봐도 떳떳하거나 친근하게 만날 수 있는 사람은 단 하나도 떠오르지 않았다.

"그래그래, 결국 나한테 남는 건 게임뿐이지."

끝내 안타까운 결론에 도달한 강혁은 어느새 비어버린 캔을 쓰레기통에 던져 넣고는 방으로 향했다.

다행스럽게도 어제부로 무려 기가급의 인터넷이 개통되었기 때문에 오랜만의 한국 인터넷 속도를 맛보며 핑이 없는 쾌적한 게임 환경을 즐길 셈이었던 것이다.

-This hit That ice cold~♪

하지만 노트북을 향해 손을 뻗기도 전에 벨소리가 울렸다.

흥겨운 펑키 리듬으로 이어지는 마크론슨&브루노마스의 히트곡 〈UpTown Funk〉였다.

"여보세요?"

-아! 다행히 바로 받으시네요. 혹시나 아직 깨지 않으셨을까봐 걱정했었어요.

통화 버튼을 누르고 귓가로 가져가자 익숙하면서도 차분한 목소리가 들려온다.

"사장님?"

전화를 건 주인공은 다름 아닌 강채현의 소속사 사장인 김성욱이었다.

딱히 그의 소속사에 들어간 것은 아니었지만 딱히 부를 호칭이 없었기에 강혁은 그를 편의상 사장님이라고 부르고 있었다.

"근데 어쩐 일로….."

-하핫, 강혁씨는 역시 바로 본론이네요. 그럼 저도 속 시원히 말할게요.

"네. 말씀하시죠."

자리를 깔아주자 김성욱은 잠시 할 말을 정리하는 듯 뜸을 들이는가 싶더니 이내 입을 열었다.

-혹시 저를 좀 도와주시지 않겠습니까?

"네? 도와달라니… 어떤 일을 도와달라는 거죠?"

-사실 말이 도와달라는 거지 초청 같은 겁니다. 실은 저희 회사 애들 중에 하나가 강혁 씨의 골수 팬이라서요.

말하면서도 김성욱은 약간 곤란한 듯한 어조였다.

강혁은 곧장 그가 말하는 대상이 누구인지 깨달을 수 있었다.

"애들이라면… 그 걸그룹인……."

-네. 애플트립이요. 그 중에서도 루나가 강혁 씨의 팬이죠.

굳이 길게 생각할 필요도 없었다.

김성욱의 소속사인 라온 엔터테인먼트에 있는 연예인이라고는 강채현과 애플트립 밖에는 없었기 때문이었다.

-루나 걔가 좀 고집이 센데 지금은 힘들어서 더 못하겠다고 드러누웠거든요. 그런데…….

말을 잇다 말고 잠시 뜸을 들이던 김성욱은 잠시 후 한숨과 함께 말을 이었다.

-채현이한테 들었는지 강혁 씨를 만날 수 있게 해달라고 하더라고요. 그렇게만 해주면 힘을 얻어서 다시 열심히 할 수 있다고 해대니…….

"그렇군요."

허참, 그래도 소속사 사장이라는 사람이 휘하 걸그룹의 멤버 하나 제대로 다루지 못하다니.

언젠가 통화 너머로 들었던 강채현의 외침처럼 그는 좀 더 자신감이나 카리스마 같은 것들을 키울 필요가 있었다.

'흐음, 어쨌든 팬이라고 하니… 한번쯤 만나보는 것도 나쁘진 않겠지?'

게다가 이러니저러니 해도 결국에는 상큼한 걸그룹 중에 하나가 아닌가.

얼마 지나지 않아 강혁은 생각을 정하고는 답을 뱉었다.

"어차피 오늘 할 일도 없었는데 가죠 뭐. 소속사 구경도 할 겸……. 언제까지 가면 될까요?"

-아! 정말요? 그러면 기다리고 계세요. 오후 2시쯤에 맞춰서 매니저를 보낼게요. 차타고 오시면 되요.

"네. 그럼 그렇게 하죠."

그 말을 끝으로 강혁은 통화를 끊었다.

문득 시계를 보니 오후 1시를 향해 다가가고 있는 시간이 보였다.

약속시간인 2시까지는 얼추 1시간 정도 남은 상태.

"으음… 그래도 일단 씻는 게 좋겠지?"

나름대로 팬미팅이라고 할 수 있는 자리에 나가는 건데 알코올 냄새가 풀풀 풍기는 상태로 나설 수는 없으리라.

"흐아암~ 아침부터 뭔가 바쁘네."

하품과 함께 투덜대면서도 강혁은 천천히 욕실로 들어섰다.

❖

라온엔터테인먼트는 영등포에 위치해 있었다.

설립한지 이제 겨우 1년 정도 밖에 안 되지만 나름대로 좋은 성과를 이루며 유지해나가고 있는 중소규모 소속사다.

'생각보단 괜찮네.'

부산한 영등포 시내의 외곽 쪽에 위치한 라온엔터의 3층 짜리 건물을 보며 강혁은 고개를 주억거렸다.

과거 머문 적이 있던 스타엔터와 비교하면 당연히 모자랄 수밖에 없는 허름하고 낡은 건물이었지만 규모나 위치로 볼 때는 나쁘지 않은 입지였다.

"생각보다 괜찮죠?"

"아, 네⋯."

멍하니 서서 〈라온ent〉 라고 적힌 간판을 쳐다보고 있자 무려 리무진을 몰아 강혁을 태워온 매니저 광두가 자랑스럽다는 듯이 말을 걸어왔다.

오는 동안 나누었던 대화에 의하면 그는 이제 3년 차에 들어가는 매니저였는데, 본래 다른 소속사에서 일하고 있다가 김성욱의 제안으로 함께 따라 나온 케이스라는 듯 했다.

지금은 매니저 실장 자리를 맡고 있다나.

아무튼, 계속해서 자랑의 말을 늘어놓는 그를 뒤로 하고 소속사의 내부로 들어섰다.

'호오!'

소속사의 내부는 외부의 모습에 비해서 훨씬 더 괜찮았다.

깡그리 다 갈아엎어 새롭게 인테리어를 하여 실용적이면서도 세련된 느낌이 들도록 꾸며져 있었던 것이다.

제대로 된 연예인이라고는 걸그룹 한 팀에 강채현 하나밖에는 없는 소속사라 조금쯤은 무시를 하고 있었는데 말이다.

"따라오시죠. 우선 사장실로 안내해 드리겠습니다."

강혁은 말없이 광두의 안내를 따라갔다.

1층에는 플로어를 중심으로 식당과 대기실이 좌우로 들어서 있었다.

"사장실은 2층 가장 안쪽에 위치해 있어요."

2층부터는 드디어 본격적인 소속사로서의 면모를 발견할 수 있었다.

그리고 강혁은 다시금 감탄을 머금을 수밖에 없었다.

가수를 위한 녹음실에서부터 안무를 연습할 수 있는 공간이라든가 따로 휴식을 취할 수 있는 공간들까지 제대로 구성되어 있었던 것이다.

규모는 작았지만 그야말로 있을 건 다 있었다.

−흔들리지 않아♪ 더는 널 보지 않아~♪

안무연습실로 다가서자 희미하게 노랫소리가 들려온다. 호기심에 유리창을 통해 안을 들여다보자 거울 앞에 서서 땀을 흘려가며 안무에 열중인 소녀들의 모습이 보인다.

"쟤네들은 연습생이에요. 애플트립 애들이 조금만 더 잘 풀리면 곧장 데뷔시킬 애들이기도 하죠."

"그렇군요."

광두의 설명을 들으며 강혁은 다시금 소녀들의 모습을 살폈다. 미래가 불투명한 연습생의 신분이면서도 거울에 비친 그녀들의 표정은 썩 나빠 보이지 않았다.

"흐음."

돌연 강혁이 침음을 머금었다.

어느 순간부터 초대된 의도가 무엇인지에 대해 깨달을 수 있었기 때문이었다.

'그런 거였나.'

라온 엔터테인먼트에 대해 알리기 위한 의도.

아직 김성욱은 강혁을 영입하는 것에 대해 포기하지 않았던 것이었다.

애초부터 팬이니 뭐니 하는 것은 핑계였는지도 몰랐다.

'그렇단 말이지….'

강혁의 입 꼬리가 말려 올라갔다.

속은 것은 기분이 상할 일이었지만 그 안에 담긴 의도가 썩 나쁘지 않았기 때문이었다.

어쨌든 강혁을 인정하고 탐을 내고 있다는 뜻이 아닌가.

누가 되었든 자신을 원하고 필요로 하는 사람에게 벽을 세울 사람은 없을 것이었다.

"3층에는 어떤 것들이 있죠?"

정말로 팬을 만나는 정도로 생각을 하고 왔던 강혁은 머릿속에서 즉시 방향성을 바꾸었다.

기왕에 초대된 것 김성욱의 의도에 응해 언젠가 몸을 담을지도 모를 소속사에 대해 자세히 알아가고자 했던 것이다.

"아, 3층에는 사무실이 있어요. 지금은 홍보팀이랑 기획팀 밖에 없죠. 그 외의 공간은 상경해서 딱히 머물 곳이 없는 연습생들에게 내어주고 있고요."

"기숙사 같은 것도 있는 건가요?"

"하하, 그래봤자 방 3칸에 불과하지만요."

웃으며 늘어놓는 광두의 설명을 들으며 복도를 지나치자 마침내 사장실에 도달할 수 있었다.

사장실은 2층의 가장 구석진 자리에 위치해 있었는데, 언뜻 보아도 그 크기가 무척이나 작아보였다.

딱 실무를 보기 위한 사무공간만을 구성해놓은 듯한 크기.

그러고 보면 사장실이 있는 위치부터가 생각 외였다.

보통 사장실은 다층 건물의 경우 최상층에 위치해있는데 말이다.

'…대단하다고 해야 하나?'

설명으로 들은 소속사의 복지 정책과 각종 시설의 구조나 위치들만 봐도 강혁은 연예인들과 부하직원들에 대한 김성욱의 배려를 읽을 수 있었다.

'효율적이네.'

3층에는 사무실을 두어 높은 사람의 눈치를 보지 않고 업무에 전념할 수 있도록 거리를 두며 빈 공간에는 연습생들을 위한 숙소로 활용해 직원들과의 연계성을 높인다.

자신은 2층의 가장 구석진 자리로 사장실을 두고 있으면서도 방해되지 않도록 조그마한 공간만을 차지하고서 위화감이 들지 않도록 화려함보다는 실용성에 더욱더 초점을 맞춘 구조로 집무실을 꾸며두고 있었던 것이다.

과거 얽힌 적이 있던 이미숙과는 그야말로 천지차이인 모습이었다.

저런 사장의 밑에서라면 연예인도 직원들도 신이 나서 일을 할 수밖에 없으리라.

찰칵-

"사장님. 강혁 씨 모셔왔습니다."

"아! 오셨군요."

사장실의 문을 열고 들어서자 뭔가 서류를 들고 씨름을

하고 있던 김성욱이 즉시 자리를 박차고 일어서며 반갑게 인사를 건네 온다.

"오시는데 불편함은 없으셨나요? 그래 봬도 나름대로 최대의 대우를 한 거랍니다."

"걱정 마시길. 리무진의 뒷자리는 무척이나 편했으니까요."

"하핫, 그렇다면 다행이네요."

너스레를 떨며 인사를 나누자 광두가 가볍게 고개를 숙여 보인 뒤 밖으로 나갔다. 그는 강채현과 관련된 일로 바쁘게 처리해야만 할 업무가 있다는 모양이었다.

"혹시 커피 드시나요? 믹스 밖에는 없지만요."

"커피는 역시 믹스죠."

"하하하, 저도 동감이랍니다."

썩 나쁘지 않은 분위기에 김성욱이 웃으며 사무실 한편에 놓인 컵과 스푼을 들어 믹스 커피를 찢어 넣고는 정수기로부터 뜨거운 물을 붓는다.

김이 모락모락 오르며 믹스 커피 특유의 향이 풍기기 시작하자 김성욱은 책상의 바로 앞쪽에 위치한 소파 쪽으로 강혁을 인도하며 커피 잔을 내려놓았다.

"……"

"……"

서로 얼굴을 마주하며 커피 잔을 들자 어색한 침묵이 감돌았다. 하지만 향긋한 냄새와 함께 달콤하면서도 씁쓸한 액체를 들이키자 곧 침묵마저 편하게 느껴지기 시작했다.

"지나면서 소속사 내부는 좀 보셨나요?"

"네. 생각보다 되게 잘 되어 있던데요."

"역시나 다들 비슷한 평가네요. 생각보다는 잘 되어 있다. 뭐, 그게 사실이긴 하지만요."

사실 라온엔터와 비슷한 규모를 지닌 소속사라면 기껏해야 건물의 한층 정도를 대여해서 쓰거나 하는 것이 보통이었다.

대부분의 경우는 아예 안무를 연습할 장소조차 없거나 안무연습실만이 갖추어진 것이 일반적이었고 말이다.

그런 점에서 연습실과 녹음실은 물론이고 휴게실과 숙소까지 갖추어진 라온 엔터의 구조는 무척이나 이례적인 것이었다.

"근데 배우를 위한 공간은 딱히 없더군요."

"지금 당장은 그렇죠."

문득 던진 질문에 김성욱은 곧장 답하며 설명을 이었다.

"사실 기획사를 꾸릴 때만 해도 아이돌 위주로 가려고 했었거든요. 근데 채현이가 찾아왔고 부랴부랴 노선에 변경을 줄 수밖에 없었죠."

"그때는⋯."

"당시 채현이는 이제 막 데뷔한 신인 성우였답니다. 아마 첫 작품으로 맡았던 게 마녀 아카데미라는 애니메이션의 엑스트라 캐릭터였을 거예요."

그의 설명에 강혁은 흥미가 도는 것을 느꼈다.

신인 성우에 불과했던 그녀가 어떻게 연기자라는 길로 나아가게 된 것일까.

"사실 저도 걔가 연기자로 도전하려고 할 줄은 몰랐는데요. 걔의 재능은 알고 있었거든요. 대학교에 있을 때에 같은 동아리였거든요."

"동아리라면…."

"제가 만든 영화 동아리였는데 대부분은 그냥 좋은 영화를 감상하거나 시간을 죽이는 용도의 친목 동아리였죠."

"채현 씨는 후배였나 보군요."

"네. 아주 당돌한 후배였죠. 오자마자 금방 동아리 전체를 장악하는가 싶더니 끝내는 모두를 닦달해서 어설프게나마 영화를 찍게 되었었으니까요."

장비도 딱히 없어서 스마트폰을 이용해 찍었다는 당시의 영화는 고작 30분에 불과한 내용이었지만 꽤나 완성도가 있었다는 듯 했다.

거기에서 강채현은 여주인공으로서 열연을 선보였었고 그런 그녀의 모습에 홀린 김성욱은 본격적으로 각본이라는 것에 관심을 갖기 시작했고 말이다.

채현과의 만남 이후 바로 졸업을 하게 되었던 김성욱은 곧장 유학을 갔다가 우연찮게 써낸 시나리오가 헐리우드에 먹혀들어 채택이 되고 커리어를 쌓을 수 있었다.

이후 국내로 돌아온 김성욱은 영화계와 드라마 쪽에서 몇 편의 시나리오를 더 써내며 나름대로 입지를 다졌다.

바로 그때 다가온 것이 아버지로부터의 제안이었다.

'네가 그쪽의 일이 좋다면 뭔가 눈에 보이는 성과를 내 봐라.'

사실 소속사의 내부 구조를 본 순간부터 깨달은 것이었지만 김성욱은 일종의 금수저를 물고 태어난 존재였다.

이름만 들어도 알 수 있을 법한 대기업의 자제는 아니었지만 나름 인지도가 있는 기업의 사장을 아버지로 두고 있었던 것이다.

그런 집안 치고는 흔치 않게 개방된 사고를 지니고 있던 아버지는 아들을 위한 기회를 주었고 그것이 바로 라온 엔터테인먼트의 시작이었다.

그것은 일종의 경영수업이자 시험이기도 했다.

아무튼, 기회를 받은 김성욱은 곧장 라온엔터를 차리고는 걸그룹의 재원을 모집했다.

그의 적성과 지향하는 길을 보자면 배우 소속사를 차리는 편이 좋았지만 그 경우는 아무래도 신생 소속사의 입장에서 꾸려가기는 쉬운 일이 아니었기 때문이었다.

대부분의 배우 소속사는 전직 매니저 출신이 나와서 꾸린 케이스가 많았으며 매니저 활동을 통해 다져진 인맥을 이용하는 경우가 많았다.

김성욱이라고 해도 각종 연예계에 인맥이 없는 것은

아니었지만 그것만을 믿고 배우 소속사를 시작하기에는 아무래도 무리가 있었던 것이다.

그에 비하면 아이돌 사업은 훨씬 더 직관적이었다.

초기 자금은 더 들 수도 있지만 그만큼 데뷔시키기도 편하니까.

아무 것도 없는 바닥에서의 시작이라면 아이돌이고 배우고 모집하여 키우는 게 쉬운 일이 아니겠지만 다행스럽게도(?) 한국에는 길을 잃은 연습생 출신들이 넘치고 넘쳤다.

김성욱은 대형 기획사에서 까이거나 기나긴 연습생 생활을 견디지 못하고 나왔던 소녀들을 위주로 스카웃을 벌였고 그로인해 만들어진 것이 걸그룹 애플트립이었다.

그게 바로 그녀들이 빠르게 데뷔할 수 있었던 이유였고 말이다.

처음부터 모든 것을 가르쳐야 하는 연습생들의 입장과는 달리 다년간의 연습생 생활을 거쳐 충분한 훈련이 되어있는 현 애플트립의 멤버들은 금세 요구 수준에 도달해 데뷔할 수가 있었다.

기획팀과 홍보팀에서 영리하게 온라인 위주의 홍보를 진행해 이슈화를 일으킨 덕분에 자칫하면 묻힐 수 있는 신인 걸그룹 임에도 불구하고 나름의 인지도를 건질 수 있었고 말이다.

아버지가 바랐던 성과의 시작점이 빠르게 잡힌 것이다.

김성욱은 거기에서 좀 더 속도를 내서 아이돌 그룹을 추가적으로 키우고 회사의 기반부터 다질 셈이었는데 바로 그때 찾아든 것이 강채현이었다.

어렴풋이 대학을 그만두고 성우로 데뷔했다는 소식을 듣고서 그렇구나 하며 생각을 지우고 있었는데 돌연 자신을 찾아온 것이다.

라온 엔터테인먼트에 받아달라면서 말이다.

김성욱은 그 당시를 회상하며 강채현의 마지막 말을 첨언했다.

"언젠가 기회가 되면 다시 제가 쓴 작품의 주인공으로 설 수 있게 만들어달라고 말입니다."

"뭔가 영화 같은 이야기네요."

"하하, 원래 현실이 더 신기한 법이죠."

라온 엔터에 몸을 담은 강채현은 성우 활동에 전념하며 왕성하게 활동했다.

그녀의 대표작이라고 할 수 있는 게임 월드 오브 레전드 와치의 캐릭터 매도소녀 검사 아이리의 역할 역시 당시에 맡게 된 것이고 말이다.

여러 가지 이야기를 나누는 동안 커피도 미지근히 식었다.

반쯤이나 남아버린 액체가 눅눅히 가라앉고 있었다.

'그만큼이나 대화에 집중했었다는 뜻이겠지.'

이야기가 어느 정도 마침표를 찍자 무심코 커피를 들이키려던 강혁은 다시 잔을 내려놓았다.

바로 그때였다.

벌컥–

"사장니임~! 강혁 오빠가 왔다는 게 정말이에요!?"

부숴 버릴 듯 문을 거칠게 열어젖히며 발랄한 목소리가 끼어들었다.

그 기세에 놀라 움찔하고 어깨를 떨며 문 쪽을 쳐다보자 전속으로 달려온 듯 숨을 가볍게 헐떡이며 서 있는 소녀의 모습이 보인다.

몸에 착 달라붙는 아이보리색 드레스를 입고 있는 것으로 봐서 무대의상을 갈아입을 새도 없이 바로 내달렸던 모양이었다.

"어? 어어어~!?"

자연스럽게 마주친 시선에 소녀가 헐떡이다 말고 손가락질을 하며 경호성을 터뜨린다. 그리고는 급격히 붉어지는 얼굴이 당혹감으로 물들었다.

"보다시피 여기 계신단다."

"으와아아~ 어, 어떻게 여기에!?"

한숨과 함께 건네는 김성욱의 말에 소녀는 터지기 직전의 폭탄과도 같은 얼굴이 되어서는 허우적거리고 있었다.

'아, 안 되겠어.'

'저대로 뒀다가는 정말로 터져버릴 것 같으니까.'

"반가워요. 강혁이라고 해요."

강혁은 얼른 자리에서 일어서며 인사를 건넸다.

소녀는 건네진 인사에 어쩔 줄을 모르다가 이내 푸욱 하고 고개를 숙여 보이며 커다란 목소리로 인사를 했다.

"애, 애플트립의 루나입니다~!"

"아… 넵."

마치 갓 데뷔한 신인이 대기실을 돌며 건네는 것처럼 씩씩한 인사였다. 떨리는 목소리로부터 강렬한 호감과 동경이 전해져 왔다.

'하하, 팬이 있다는 이야기가 거짓말은 아니었던 모양이네.'

강혁은 실소를 머금으며 루나라는 이름의 소녀를 가만히 응시했다.

진정할 시간을 주는 것이다.

아무리 그래도 일단 만난 건데 제대로 얼굴은 마주쳐야 하지 않겠는가.

"으으… 히익!"

그저 가만히 서서 웃고만 있자 조심스럽게 고개를 들어 올리던 루나가 시선이 마주치고는 화들짝 놀라며 다시 고개를 숙인다.

계속 쳐다보고 서 있기에도 난감해서 힐끗 시선을 돌려 보니 고개를 절레절레 흔들고 있는 김성욱의 모습이 보인다.

"뭘 그렇게 긴장하고 그래? 네가 중딩 오빠 부대냐!?"

"하, 하지만 강혁님이잖아요! 진짜로 보게 될 줄은 몰랐다고요!"

강혁 앞에서는 한마디는커녕 얼굴조차 마주보지 못하면서 정작 사장인 김성욱에게는 땍땍거리며 잘도 대드는 루나였다.

"어쨌든 계속 그렇게 서 있을 수도 없으니까 일단 앉으라고. 내가 커피 한잔 타줄 테니까."

"어차피 믹스 커피잖아요!"

"그래서… 싫어?"

"그건 아니지만요……."

실랑이 끝에 루나가 대각선 방향의 비어있던 소파로 가서 앉았다.

앉아서도 고개를 푹 숙인 채 끝내 시선을 마주치지 못하는 루나였지만 적어도 좀 전의 굳어있던 모습에 비하면 훨씬 나아진 것 같은 모습이었다.

"자, 마셔. 강혁 씨 것도 새로 타왔어요."

"감사합니다."

탁탁 소리를 내며 새롭게 김이 피어오르는 커피 잔이 각자의 앞으로 놓이자 누가 먼저랄 것도 없이 잔을 들어 올린다.

그리고는,

마치 약속이라도 한 듯 조용히 홀짝.

"……."

"……."

다시 어색한 침묵이 감도는 가운데 먼저 입을 연 것은 이번에도 김성욱이었다.

"보셨죠? 완전 중증 하드코어 팬이라니까요."

"사장님! 하, 하드코어라니! 그냥 열성팬 정도로 해줘요!"

"저한테 하는 것의 반의반만 해도 강혁 씨한테 사인 용지 정도는 내밀 수 있었을 텐데 말이죠."

"으윽!"

만담과도 같은 대화의 승자는 결국 김성욱이었다.

그의 놀림에 반발하다 무심코 강혁과 시선이 마주치고 만 루나가 결국 고개를 숙이고 말았던 것이다.

'그나저나 정말 중증은 중증이네.'

무려 골수팬이라고 칭할 정도로 열성적인 팬을 만날 수도 있다는 말에 어느 정도 기대감을 품은 것은 사실이었지만 이것은 명백히 기대이상이었다.

어딘가의 잘 나가는 아이돌 그룹의 멤버도 아닌데 눈도 마주치지 못할 만큼 동경할 수가 있는 건가?

더군다나 강혁이 여태껏 지나온 활동 중 인상적인 것이라고 해봐야 미드 데드문의 사이코패스 살인마로 출연한 것뿐이었다.

그것만으로 이렇게까지 열성적이 될 수 있다고는 아무래도 생각이 들지 않는 것이다.

'어찌됐건 좋아해주는 마음은 감사한 일이지만.'

강혁은 괜히 우쭐한 기분이 되어서는 짙은 미소를 머금었다. 굳이 억지로 입가를 조절하려 할 필요도 없이 자연스레 배어나는 미소였다.

그때였다.

벌컥-

"야~ 옷도 안 갈아입고 어딜 그리 급하게 가는 거야!"

조용히 닫혀졌던 사장실의 문이 다시금 거칠게 열리며 또 다른 불청객이 난입해왔다.

반사적으로 고개를 돌려보니 흰 티에 청바지라는 다분히 대학생 틱한 패션을 한 소녀가 문 앞에 서있는 모습이 보인다.

앞서 들어왔던 루나에 비하면 좀 더 성숙하면서도 묘하게 섹시한 느낌이 드는 인상을 지닌 소녀, 아니 여인이었다.

"어? 설마…."

루나와 달리 여인은 강혁과 시선을 똑바로 마주치며 눈을 동그랗게 뜨는가 싶더니 이어서 고개를 푹 숙인 채 벌게져 있는 루나를 보고는 곧 장난스러운 미소를 머금었다.

"아항~ 드디어 루나의 왕자님이 온 거구나?"

"언니!"

다분히 놀려대는 어조에 빽 하고 소리를 지르는 루나였지만 좀 전처럼 크게 외쳐대지는 못하는 모습이었다.

"이열~ 저 왕고집 마왕이 얼굴도 못 들다니… 진짜로 좋아하는구나? 아니면… 사랑?"

"그, 그만해엣!"

끝내 참지 못하고 크게 소리를 지르며 항거하는 루나의 모습에 여인은 배까지 부여잡으며 꺄르륵 웃는가 싶더니 이내 강혁에게로 다가서며 말을 걸어왔다.

"오빠가 채현이가 말했던 그 라이벌이군요? 전 애플트립의 리더인 제이현이에요. 채현이랑은 동갑 친구. 반가워요~!"

제이현은 깜찍하게 웃으며 가볍게 손을 내밀어 보였다.

당당하다 못해 패기마저 느껴지는 악수 신청.

강혁은 들고 있던 커피 잔을 내려놓고 일어서서 그녀의 손을 가볍게 마주 잡았다.

"반갑습니다. 배우 강혁입니다."

"와~ 손이 꽤 크시네요."

제이현은 강혁의 손을 양손으로 부여잡고는 몇 번 흔들어댔다. 아무래도 그녀는 섹시한 이미지와는 달리 조금 엉뚱한 매력이 있는 것 같았다.

거기에 어떤 식으로 반응해야 할지 모르겠어서 멀뚱멀뚱 쳐다보고만 있자 제이현은 배시시 웃더니 다시 말을 이었다.

"우리 루나가 저래보여도 정말로 강혁 오빠 골수팬이거든요. 그래서 지금 완전 정신이 없을 거예요."

"그런가요?"

"네. 원래부터 좀비광이었거든요, 큭큭. 근데 어느 날부터 데드문이라는 미드를 챙겨보는가 싶더니 갑자기 빠져서는 잘 알지도 못하는 영어까지 조사해가며 팬클럽을 찾더라고요."

"언니… 그, 그만해……."

낱낱이 밝혀지는 자신의 행적에 겨우 안정되는가 싶던 얼굴을 다시금 붉히며 말리는 루나였지만 제이현은 아랑곳하지 않고 말을 이었다.

"그렇게 오빠가 출현한 작품들은 물론 광고에 예능방송까지 찾아대며 꺅꺅대는가 싶더니 결국엔 있죠. 자기가 직접 팬클럽을 만들었어요. 대단하죠?"

"그건 정말 대단하네요."

강혁은 진심으로 감탄했다.

그녀의 말인즉슨 루나는 충성 팬들 중에서도 가장 코어한 중요인사라는 뜻이 아닌가.

일반인도 아니고 나름대로 인지도를 가지고 있는 걸그룹의 멤버 중 하나가 자신의 골수팬이라는 점에 다시금 뿌듯한 마음이 된 강혁은 루나를 보며 말했다.

"고마워요. 좋아해줘서. 저도 이제부턴 애플트립을 응원할게요."

"가, 가가가, 감사합니다!"

결국 긴장을 떨치지 못하고 군대식 인사를 토하는 루나

였다. 피식 웃은 강혁은 김성욱을 보며 말했다.

"이제 어떡하죠? 따로 더 앉을 자리는 없어 보이는데… 나가서 이야기를 하도록 할까요? 그래도 저를 좋아해주시는 분인데 식사라도 한 끼 대접하고 싶어서요."

"아… 그러시다면……."

"와아~ 정말요? 그럼 저희 멤버도 같이 가도 되요? 팬의 친구라는 걸로!?"

질문에 답한 것은 제이현이었다.

강혁은 웃으며 고개를 끄덕였다.

"물론이죠."

"오올~ 자신 있어요? 우리 엄청 잘 먹는데!?"

"하하, 마음껏 먹어도 좋아요."

아닌 게 아니라 지금의 강혁에게는 배고픈 소녀들의 식성 정도는 충분히 채워주고 남을 만큼의 돈이 있었다.

소속사를 끼고 있지 않기 때문에 수익의 대부분을 독식하는 구조였기 때문이다. 드라마의 출연료는 물론 광고비와 예능 등의 출연료까지 합치면 지금까지 누적된 금액은 벌써 억대를 넘긴지 오래였다.

"그럼 소고기! 소고기 사줘요!"

제이현은 눈을 별빛처럼 빛내며 강혁의 팔에 매달렸다.

루나는 어쩔 줄을 모르고 질투인지 부러움인지 모를 시선으로 그런 사태를 지켜보고만 있었으며 김성욱은 한숨을 내쉬더니 이내 말을 이었다.

"괜찮으시겠어요? 그래도 도와주십사하고 모신 건데……."

김성욱은 뭔가 아쉬움을 남긴 듯한 모습이었다. 그의 속내를 짐작한 강혁은 속 시원히 원하는 대답을 해주었다.

"괜찮습니다. 그리고 소속사 문제는 조만간 따로 자리를 마련해보죠."

"저, 정말이십니까!?"

"네. 한국에서의 활동에 국한해도 좋다면요."

굳이 김성욱이 손을 뻗지 않더라도 소속사와 관련된 문제는 분명 해결되어야 하는 문제였다.

미국에서야 어떻게든 자력으로 활동할 수 있지만 그것도 수완이 뛰어난 종욱이 에이전트라는 이름으로 열심히 뛰고 있기 때문이었던 것이다.

반면 한국에서 활동하기 위해서는 역시 소속사라는 그늘이 필요했다. 활동을 하다보면 필연적으로 발생할 수 있는 여러 가지 잡음들을 피하기 위해서라도 소속사는 반드시 필요한 것이다.

"하하, 그건 그 때가서 좀 더 자세히 논해보도록 하죠."

명백히 제약을 두는 말이었지만 김성욱은 노련하게 여지를 두며 이야기를 마무리 짓는 모습이었다.

그 말을 끝으로 사장실을 빠져나온 강혁은 제이현에게 안내되어 대기실에서 쉬고 있던 애플트립의 나머지 멤버들과도 만날 수 있었다.

거기서도 루나를 놀려대는 소리들로 한바탕 시끌벅적한 시간을 보내야 했지만 얼마 지나지 않아 결국 하나가 되어 밖으로 나설 수 있었다.

소고기라는 이름이 주는 마력 앞에서 한창 때인 소녀들의 자제력은 너무나도 미약한 것이었기 때문이다.

"츄르릅! 고기! 고기!"

"진짜 먹어도 돼요? 사장님이 먹어도 된대?"

"그럼! 거기다가 이 오빠님이 무진장 부자거든. 원하는 대로 얼마든지 먹어도 된대!"

"와아~ 대박!"

다소 왜곡된 제이현의 말에 멤버들은 광란에 가까운 소리를 지르며 환호했다.

그렇게 빠르게 소속사 건물을 나서게 된 강혁과 애플트립의 멤버들은 결국 매니저와 코디까지 불러서 근처의 한우 고기 집으로 향했다.

총 7명의 소녀와 매니저에 코디까지 더하면 9명이나 되는 인원이었지만 걱정은 없었다.

'어차피 따로 돈을 쓸데도 없으니까.'

지금의 강혁에게 있어서 돈을 낭비할 수 있는 건덕지라고 해봐야 흥미가 가는 게임을 구입하거나 이따금씩 옷을 구입하는 정도 밖에는 없었던 것이다.

'이럴 때 쏴봐야지. 또 언제 이런 기회가 오겠어?'

특히나 7명이나 되는 상큼한 소녀들에게 숭배에 가까운 환호를 받는 강혁은 얼마든지 지갑을 열 준비가 되어 있었다.

❖

"와아~ 이게 얼마 만에 먹는 고기야~!"

"나 아까부터 완전 침 줄줄 흐르고 있는 거 알아?"

"야! 그래도 좀 제대로 다 익으면 집으라고!"

소녀들은 불판의 앞에서도 시끌벅적 했다.

지글지글 그 색채를 바꾸어가는 불판 위의 고기를 보며 젓가락을 든 채 금방이라도 달려들 것 같은 모습이다.

강혁은 눈을 붉힌 채 불판만을 노리는 소녀들의 모습이 마치 맹수의 그것과도 같다고 생각했다.

-까똑!

"응?"

그때 제이현의 폰으로부터 메시지의 알림이 들렸다.

막 먹음직스럽게 익어가는 고기를 향해 젓가락을 드리우려던 그녀는 폰을 들어 액정에 뜬 이름을 확인하더니 이내 한숨을 내쉬었다.

그리고는 젓가락을 내려놓으며 불만을 늘어놓는 것이다.

"얘는 또 뭐가 문제라니……."

톱스타 킬링의 필드

Hell is coming

chapter 4. 신경전

Hell is coming

chapter 4. 신경전

"뭔가 문제라도?"

"글쎄… 문제라면 문제라고 할 수도 있겠네요."

강혁의 질문에 제이현이 어깨를 으쓱하며 폰의 방향을 돌려 액정화면에 떠오른 메시지창의 내용을 보여준다.

두 사람만의 개인 톡처럼 보이는 메시지 창에는 '채현'이라는 이름으로 방금 막 보내어진 글귀가 떠올라 있었다.

[채현]: 나 진짜 미치겠다 ㅠㅠ

뭔가 잔뜩 짜증이 난 듯한 표정을 한 강아지 캐릭터의 이모티콘과 함께 보내진 메시지였다.

"채현 씨인가요? '

"네. 오늘 누굴 만나러 간다고 했었는데 별로 안 좋은가 봐요."

"소개팅이라도 하나보죠?"

"아뇨. 그럴 리가요. 걔가 그래 봬도 모쏠에다가 남자공포증이 있거든요. 겉으로 티를 내는 편은 아니지만요."

호오, 남자 공포증이라니······.

이건 또 새로운 정보다.

"하지만 아무리 티를 안 낸다고 해도 공포증이 있다고 하기에는 너무 당당하시던데요."

"그러니까 그 정도가 덜한 것뿐이에요. 왜 고통에도 1~10까지 나눠서 매기는 정도의 차이가 있잖아요? 걔는 그런 수치가 1~2의 정도에 그칠 뿐 인거죠."

차분하게 이어지는 제이현의 설명에 강혁은 고개를 끄덕였다.

"예를 들자면 마주보고 대화하는 것까진 괜찮아도 신체를 접촉하기라도 하면 겁을 먹는다던가?"

"맞아요! 그런 거죠. 하지만 그렇다고 해서 얘가 뭔가 문제가 있는 건 아니니까 걱정마시구요. 중요한 점은 얘가 남자랑 소개팅을 하게 되는 일은 없을 거란 거죠."

"그렇군요."

"채현이는 분명 아침에 나가면서 일 때문이라고 했었어요."

일 때문이라···

강혁은 고개를 갸웃거렸다.

그녀는 조만간 들어가게 될 영화의 촬영 때문에 이후의 모든 스케줄을 비워둔 것으로 알고 있었기 때문이었다.

그런데 일 때문이라니… 뭔가 석연치 않은 느낌이다.

묘한 촉이 느껴진 강혁은 제이현에게 좀 더 가까이 다가앉으며 은근해진 목소리로 물었다.

"혹시 아침에 나가면서 특이점 같은 건 없었나요?"

"특이점이요?"

"뭔가 평소랑은 느낌이 다르다던가."

"아! 그러고 보니 좀 이상하긴 했네요."

역시나! 강혁은 더욱더 은근해진 목소리로 재차 질문을 던졌다.

덕분에 얼굴이 가까워진 제이현이 드물게 마이페이스를 깨뜨리고는 살짝 얼굴을 붉히긴 했지만 강혁의 눈동자 속에 드리운 진지함을 읽은 탓인지 금세 상태를 회복하고는 말을 이었다.

"어떻게 이상했죠?"

"좀 곤란해보였어요. 아시다시피 걔는 할 말 안 할 말 다하고 사는 성격이거든요. 은근히 뻔뻔하기도 하고."

"그렇긴 하죠."

"근데 가끔은 걔도 입을 다물 때가 있어요. 대개는 뭔가 곤란한 상황에 처했을 때거든요."

"근데 오늘 아침에 그래보였다는 거죠?"

제이현은 대답대신 진지한 표정으로 고개를 끄덕였다.

잠시 생각을 고르던 강혁이 이내 폰을 가리키며 말했다.

"상황을 좀 더 알아보도록 하죠."

"네. 그럼 톡 좀 할게요."

조금은 애매한 뉘앙스의 말이었음에도 불구하고 제이현은 금세 강혁의 말을 눈치 채고는 메시지창의 위로 글자를 새겨 넣었다.

[제이현]: 무슨 일인데?

별 다른 이상한 점을 찾아보기 어려운 평범하기 그지없는 답문. 하지만 그에 대한 답은 결코 평범하지 않았다.

까똑!

메시지를 보낸 지 3초도 되지 않아서 바로 답변이 날아왔기 때문이었다.

[채현]: 지금 나한테 좀 와줄 수 있어? 나 무서워 ㅠㅠ

심지어 메시지 속에 담긴 내용은 결코 쉬이 넘기기 어려운 심상치 않은 내용이었다.

"어, 어떡하죠? 진짜 무슨 일이 있나 봐요!"

"일단 진정하세요. 그래도 톡을 보낼 수 있다는 건 당장 위험한 상황은 아닐 테니까요."

"그, 그럴까요?"

금세 겁을 집어먹은 듯한 제이현의 모습에 강혁은 그녀를 진정시키며 은밀히 주변을 둘러보았다.

다행히 고기에 집중하고 있기 때문인지 아직은 둘 사이에 오가는 대화에 대해서 관심을 가지는 것처럼 보이는 이는 없어보였다.

'일단 밖으로 나가죠.'

강혁이 입술만을 움직여 소리 없이 말하며 신호를 주자 제이현이 긴장된 얼굴로 고개를 끄덕인다.

그에 마주 고개를 끄덕여준 강혁은 먼저 일어서며 모두가 들을 수 있도록 커다란 목소리로 말했다.

"아~ 이거 갑자기 일이 생겨서 먼저 가봐야겠네요."

"에에? 진짜요?"

"벌써요? 아직 시킨 고기를 다 굽지도 못했는데……."

예상대로 아쉬움을 표하는 소녀들을 돌아보며 강혁은 사람 좋은 미소로 말을 이었다.

"걱정 마세요. 고기 값은 제가 다 계산할 테니까요. 먹고 싶은 것들 다 얼마든지 먹어요. 카드는 여기 매니저분께 잠시 맡겨둘게요."

"예에? 정말로 그래도 괜찮으시겠어요?"

오늘 처음 본 사이에 불과한 매니저가 다소 투박해 보이는 외모에 어울리지 않게 눈을 동그랗게 뜨며 되묻는다.

강혁은 고개를 끄덕이며 답했다.

"네. 어쩌면 같은 소속사가 될지도 모르는데 믿어야죠."

"어? 그 말은……."

"한 가족이 될 지도 모른다는 말이에요?"

강혁의 대답에 소녀들이 흥분하며 되물어본다.

특히나 골수팬인 루나의 경우에는 아예 눈에서 레이저가 튀어 나오는 게 아닐까 싶을 정도로 강렬한 시선을 보내고 있었지만 강혁은 자세한 부분은 말하지 않은 채 대충 얼버무리며 답했다.

"확정은 아닌데 그리 될 것도 같네요. 그보다 이제 슬슬 저는 먼저 일어나 보겠습니다."

"아… 조, 조심히 가십시오!"

이야기를 급히 마무리 지으며 물러나는 발걸음과 함께 카드를 건네자 매니저가 한층 더 조심스러워진 태도로 고개를 숙여 보인다.

"그럼."

그 말을 끝으로 강혁은 자연스러운 걸음을 움직여 밖으로 나섰다. 밖으로 나서자 저마다의 일로 길을 오가는 사람들이 가득 보인다.

아무리 그래도 이런 곳에 서서 이야기를 나눌 수는 없겠지.

강혁이야 그렇다 치더라도 제이현의 경우는 국내에서 제법 얼굴이 많이 팔린 존재이니까 말이다.

인파 속에 녹아들며 폰을 꺼내어 든 강혁은 곧장 종욱에게로 전화를 걸었다.

짧은 수신음이 이어지고 곧바로 전화가 연결되었다.

-어. 무슨 일이냐?

"일어났어?"

-그럼. 아까 전에 일어났지. 근데 김성욱 사장 만나러 갔다면서? 소속사 거기로 선택하게?

조금은 잠겨 있는 목소리를 하고 있음에도 불구하고 종욱은 금세 프로다운 분위기를 보이며 상황을 따라와 주었다.

"그건 나중에 생각하기로 하고. 지금 뭔가 일을 벌일지도 모를 것 같아서 그런데 여기에 바로 와줄 수 있어?"

-끄응… 무슨 일인데?

"와줄 수 있지?"

-알겠다, 알겠어. 대신 만나면 뭔 일인지 자세히 얘기 해줘야 된다?

"오케이."

그 말을 끝으로 강혁은 통화를 끝마쳤다.

다소 억지에 가까운 부탁임에도 곧장 응해주는 종욱은 역시나 좋은 에이전트이자 파트너였다.

"자, 그럼…."

아직 제이현은 가게 밖으로 빠져나오지 않은 상태였다.

그 상황에서 뒤를 따라 바로 나오는 것도 이상해 보일 테니 기회를 재고 있겠지.

"사장 카드를 써볼까."

강혁은 이어서 주소록에서 김성욱의 번호를 찾아낸 뒤 곧장 전화를 걸었다.

목적은 오로지 한 가지.

제이현의 폰 번호를 알아내기 위해서였다.

-네. 알겠습니다.

김성욱은은 의외로 순순히 번호를 알려주었다. 강혁은 곧장 번호를 등록한 뒤 톡을 보냈다.

[강혁]: 회사에서 보죠.

[제이현]: 저희 회사요?

[강혁]: 네. 거기 1층 대기실에서 봬요.

그 말을 끝으로 강혁은 왔던 길을 따라 라온 엔터테인먼트의 건물로 향했다.

라온 엔터의 건물은 고기집으로부터 불과 5분 정도의 거리 밖에는 떨어져 있지 않았기 때문에 강혁은 금세 회사에 도달할 수 있었다.

"허억~ 허억~ 죄송해요. 제가 좀 늦었죠?"

대기실에 가서 기다리고 있자 전력으로 뛰어온 탓인지 숨이 거칠어진 제이현이 곧 모습을 드러냈다.

"안 늦었습니다. 그보다 뭔가 다른 메시지는 없었나요?"

"아, 그게…."

강혁의 질문에 제이현은 조금은 조심스러운 표정이었다.

하지만 이내 그녀는 한숨과 함께 입을 열었다.

"남자 문제인 거 같아요."

"남자 문제요?"

"네. 그게 실은… 오늘 만난다는 사람이 배우 선배라고 하더라고요."

그녀의 말이 끝을 맺기도 전에 강혁은 대강 무슨 일이 벌어진 것인지 짐작할 수 있었다.

그리고,

그런 생각은 이어지는 설명에 확신으로 바뀌었다.

'어쩐지 어제부터 심상치 않더라니.'

강채현과의 대화를 통해 알아낸 일에 대한 제이현의 설명은 무척이나 간단하며 명료했다.

배우 선배가 작품과 관련해 논의할 것이 있다며 사적인 자리로 불러냈고, 차마 거절하지 못한 채현이 나가서 수모를 겪고 있다는 이야기였다.

'장성우.'

이번 일의 원흉인 강채현의 배우 선배였다.

강혁과의 첫 대면에서 은근한 적대감을 표출하기도 했던 그는 어제의 술자리가 이어지는 내내 채현에게 은근한 시선을 보내며 탐욕을 드러냈었다.

평범한 사람은 절대로 알아챌 수 없을 만큼 교묘하고 은밀한 시선이었지만 강혁의 감각을 벗어날 수 있을 정도는 아니었던 것이다.

"어떡하죠?"

제이현의 눈에는 걱정이 한 가득이었다.

강혁은 잠시 생각을 정리하다 재차 입을 열었다.

"너무 걱정할 필요는 없을 것 같네요. 수작을 부린다고는 해도 그쪽도 공인이고 배우인 이상 노골적인 짓거리를 하진 못할 겁니다."

바로 그런 점을 이용해서 강채현이 제대로 대응할 수 없도록 건드리고 있는 것일 테지만 말이다.

적어도 특상에서 확인된 내용에 의하면 장성우가 시도한 신체접촉이라고는 잠깐 손을 잡은 것이 전부였다.

물론 남성공포증이 있는 강채현에게는 그것만으로도 공포였겠지만 일반적인 관점에서 보자면 별로 대단치도 않은 접촉이다.

"두 사람이 만나고 있는 곳이 레스토랑이라고 했던 가요?"

"네. 장성우가 아는 지인의 가게라는데 전세를 내서 주인과 직원을 제외하면 둘뿐이래요."

"맙소사."

강혁은 고개를 절레절레 흔들었다.

딴에는 능력 있는 남자의 모습을 보여주겠답시고 준비한 연출인가본데 일반적인 여자에게 행해도 부담스러울 짓을 남성 공포증인 여자에게 해봤자 역효과만 일뿐인 것이다.

"주소는 있나요?"

"네. 여기 보내줬어요."

"바로 가도록 하죠."

강혁은 이야기를 끝마치고는 자리를 박차고 일어섰다.

"어… 혹시 차 가지고 계세요?"

"아뇨. 한국에는 없죠."

"그러면…."

"그래서 대신 지원군을 불렀거든요."

조금은 얼떨떨한 표정으로 물어오는 제이현에게로 강혁은 씨익 웃으며 덧붙였다.

"마침 저기 오네요."

강혁이 가리키는 방향에는 막 라온 엔터테인먼트의 정문을 통과해서 들어오는 종욱의 모습이 비추어지고 있었다.

❖

"그러니까 채현 양이 위험에 처했단 말이지?"

"그렇지."

"뭐, 그렇다면……."

상황에 대해 간략하게나마 브리핑을 들은 종욱은 수긍한다는 듯 고개를 끄덕였다.

"근데 그런 문제를 우리끼리 가도 되나? 민감한 문제일 수 있는데 소속사 차원에서 나서는 게 낫지 않을까?"

"말 그대로 민감한 문제니까. 그리고 아직 확정은 아니지만 곧 한솥밥을 먹게 될지도 모르잖아?"

"진짜로 라온이랑 계약하게?"

"조건만 나쁘지 않으면."

강혁의 대답에 잠시 고심하던 종욱은 이내 알겠다는 듯 고개를 끄덕여보였다.

"네가 좋다면 그렇게 해야지."

"고마워."

믿음이 담긴 종욱의 말에 강혁은 가볍게 웃어보였다.

그러는 사이에도 차는 네비에 찍힌 주소를 향해 빠르게 나아가고 있었다.

❖

'무서워… 무서워…!'

강채현은 화장실에 들어가 시트를 내리고 앉은 채 웅크리고 있었다.

눈에 띄는 미인이 그러고 있는 모습은 단순히 애처롭다기보다는 뭔가 마음의 한편을 간지럽게 만드는 감상 이상의 무언가가 있어 보였지만 그녀에게 감흥이 있을 리는 없었다.

'무섭다고…!'

그녀에게 있어서 지금의 공포는 말 그대로 현실이었기 때문이었다.

'오지 말았어야 했어. 어떻게든 거절했었어야 했는데……!'

강채현은 머리를 움켜쥔 채 한탄을 머금었다.

그런 그녀에게 자괴감과 두려움이 함께 덮친다.

스스로의 선택에 대한 후회도 함께 담으면서 말이다.

'어째서 이렇게 무서운 거야! 난… 어째서…!'

강채현은 웅크린 채 폰을 부여 쥐고서 떨고 있었다.

별 다른 일은 아니었다. 단지 타인, 아니 정확히는 남자의 시선의 의도를 눈치챘을 뿐. 다만 그것이 그녀에게는 한없는 공포의 근원이었다.

'장성우.'

그녀에게 있어서는 같은 고등학교 출신의 선배이자 배우라는 직업의 선배이기도 한 남자였다.

이번에는 같이 합을 맞춰보기도 하는 한 영화의 동료이기도 한 대상.

때문에 오늘의 부름도 별다른 의심 없이 찾아온 것이었지만 그녀를 기다리고 있던 것은 의도가 확실한 수컷으로의 관심이었던 것이다.

레스토랑의 앞에서 만나 시선을 마주했을 때부터.

안으로 들어서서 텅 빈 가게의 내부를 보았을 때에도.

강채현은 모든 것을 만류하고 돌아서려고 했었다.

'그때 돌아갔었어야 했어!'

하지만 그럴 때마다 장성우는 교묘하게 다가서며 협박인지 회유인지 모를 말을 걸어 그녀의 의지를 좌절시켰다.

마치 그녀의 비밀을 알고 있기라도 한 것처럼.

남자 공포증.

그것이 바로 그녀의 비밀이었다.

어릴 적 입양된 가정에서 아버지로 불러야 할 남자에게서 계속된 학대를 당하고 끝내는 덮쳐질 위기까지 겪었던 그녀에게 있어서 남자라는 존재는 한없는 공포의 대상이었던 것이다.

굳은 의지로 과거의 기억을 지우고 꿈을 좇으며 공포의 대부분을 지워내긴 했지만 그것의 근원만큼은 지워낼 수 없었다.

'제발… 빨리 누가 좀…!'

벌써 화장실이 들어온 지도 20분이 넘어가고 있었지만 채현은 밖으로 나설 수가 없었다.

에피타이저를 먹으며 나누었던 대화의 시간동안 훑어내려 간 장성우의 시선들에 담긴 탐욕을 읽어낸 뒤였기 때문이었다.

장성우의 눈에 담긴 감정의 편린은 분명 탐욕이었다.

오래 전 아버지의 눈에서도 볼 수 있었던 탐욕의 감정.

"무섭다고…!"

울먹거리는 소리로 끝내 속내의 말을 토하며 채현은 폰이 부서져라 움켜쥐었다.

[제이현]: 걱정마. 금방 갈게!

그녀의 톡창에 마지막으로 남겨진 메시지였다.

불과 5분 전에 생성된 메시지. 하지만 채현은 솟구치는 두려움을 가라앉힐 길이 없었다.

개인 차량조차 없는 제이현이 레스토랑까지 찾아오려면 꽤나 많은 시간이 걸리리라는 것을 알기 때문이었다.

문득 매니저의 건에 대해서 거절했던 일이 천추의 한으로 다가왔다. 장성우와의 만남을 단순한 개인사라고 생각하며 회사에 연락조차 하지 않고 나왔던 사실도 말이다.

사실을 말하자면 지금이라도 소속사에 연락해 매니저를 호출하거나 당장 나가서 일의 핑계를 대며 자리를 파해도 될 일이었지만 채현은 그 중 어떠한 선택지도 떠올릴 수가 없었다.

장성우의 시선 속에 담긴 탐욕을 느낀 순간부터.

그리고 그의 손이 우연을 가장하며 다가와 어깨를 쓰다듬고 손목을 부여잡았을 때부터.

'…제발!'

그녀는 마음 속 깊은 곳에 가라앉은 채 잊혀지고 있던 공포감의 실체를 다시금 마주해야 했던 것이다.

그것이 지워지지 않는 이상 그녀는 공황과도 같은 혼란에 처할 수밖에 없었다.

바로 그때였다.

"저기… 채현 씨?"

"!"

문의 너머로부터 남자의 목소리가 들려왔다. 채현은 어깨를 흠칫 떨며 움켜쥔 두 팔을 강하게 움켜쥐었다.

"죄송해요. 너무 안 나오셔서 혹시 어디 안 좋으신가 하고. 혹시 에피타이저가 속에 안 맞았었나요?"

"아, 아니에요."

"아! 그럼 슬슬 나오시겠어요? 메인 메뉴가 나왔거든요. 미리 말씀드리지만 제 친구 집이어서가 아니라 여기 스테이크 진짜 맛있어요!"

화장실의 앞에 서 있을 것이 분명한 장성우는 사람 좋은 미소와 함께 듣기 좋은 중저음의 목소리로 그녀를 재촉하고 있었다.

친절한 배려인 것처럼 보여도 은근한 명령조의 힘이 서려있는 말투.

"금방… 금방 나갈게요."

"그럼 기다리겠습니다."

힘겹게 토해낸 대답에 짤막한 대답이 일고 이내 기척이 멀어진다.

멀어지는 발소리를 들으며 채현은 울 듯 표정을 일그러뜨렸다. 하지만 그것도 잠시. 채현은 입술을 질끈 깨물며 감정을 추스렸다.

"후우… 후우…."

누군가 구하러 와줄 때까지 계속해서 화장실에 박혀 있을 수는 없는 노릇이니까.

두려움에 잠식되어 있다고는 해도 스스로가 배우라는 자각마저 잊어버린 것은 아니었다.

'난 괜찮다. 난 괜찮아.'

스스로를 진정시키듯 주문과도 같은 말을 되뇌며 채현은 천천히 문을 열고 밖으로 나섰다. 그리고는 세면대의 앞으로 걸어가 물을 틀고 손을 씻으며 정면의 거울에 비친 스스로의 모습을 응시하는 것이다.

거울의 너머에는 지나치게 무감정하게 굳어진 자신의 표정이 비추어지고 있었다.

두려움이나 괴로움과 같은 감정들을 감추기 위해 오래전부터 꾸준히 뒤집어 써왔던 무표정의 가면이었다.

"…진정하자."

금방이라도 넘쳐흐를 것만 같은 두려움의 감정들을 가면의 아래로 감추어 내며 채현은 더욱더 차가운 표정을 머금었다.

그 누구와 마주해도 들키지 않도록.

딸칵—

감정을 정리한 채현은 '아무렇지 않은' 자신을 연기하며 화장실의 문을 열고 밖으로 나섰다.

좁은 길목을 걸어 플로어로 들어서자 텅 빈 테이블들과 대비되듯 화려하게 채워진 테이블과 그 너머에 의자를 빼고 앉은 장성우의 모습이 비추어져 보이고 있었다.

"어서 오세요. 식으면 아무리 그래도 맛이 좀 덜해질 테니까요."

"네."

채현은 순순히 답하며 장성우의 맞은편의 자리로 걸어가
의자를 빼고 앉았다.

테이블의 위에는 겉보기에도 상당히 먹음직스러워 보이
는 스테이크가 향긋한 냄새와 함께 뜨거운 김을 피어올리
고 있었다.

"고기가 엄청 두툼하죠? 그런데 보기랑 다르게 완전 부
드러워요 이거. 얼른 드셔보세요. 혹시 조금 번거로우시면
제가 썰어드릴까요?"

"아뇨. 제가 할 수 있어요."

친절한 제안을 거절하며 채현은 포크와 나이프를 들었
다.

그리고는 기계처럼 손을 움직여 스테이크를 썰어가려 할
때였다.

딸랑딸랑~

굳게 닫혀 있던 유리문이 열리며 방울소리가 울렸다.

"손님. 오늘 저희 가게는 영업을 하지 않습니다."

"안에 있는 사람한테 볼일이 좀 있어서요."

알바생의 정중한 말이 이어졌지만 불청객은 아랑곳하지
않고 카운터를 지나쳐 가게로 들어섰다.

당황한 알바생이 손을 뻗어 막아서기도 전이었다.

"음?"

"아?"

자연스럽게 향해진 시선과 동시에 두 사람의 입으로부터

상반된 신음이 새어나왔다.

하지만 불청객은 두 사람이 그러건 말건 성큼성큼 걸음을 옮겨 테이블로 다가서는 모습이었다.

"안녕하세요?"

테이블의 앞에 서서 천연덕스럽게 인사까지 건네는 남자의 모습에 장성우는 당혹감이 서린 표정을 짓다가 이내 불쾌한 표정을 지어 보였다.

"그 쪽은….."

"이번에 같이 영화를 찍게 된 후배이자 이번 영화의 주연이죠."

묘하게 칼날을 머금은 대답이다.

장성우는 남자를 노려보며 다시금 입을 열었다.

"지금 이게 뭐하자는 거죠?"

"그냥 인사죠. 한동안 같이 연기해야 하는데 어젠 인사를 제대로 못 나누었던 것 같아서요."

"그게 무슨!"

"아! 선배님에 대한 인사는 이쯤 해두고요. 제가 용건이 있는 건 이쪽이라서. 채현 씨?"

"…네, 넷?"

갑자기 자신이 지목되자 채현이 화들짝 놀라며 답한다.

남자, 강혁은 왠지 멍해 보이는 채현의 얼굴을 보며 말을 이었다.

"여기서 이러고 있으면 어떻게 해요?"

"…네?"

정말로 아무 것도 모르겠다는 듯한 채현의 표정에 강혁은 핀잔하는 투로 말을 이었다.

"스케줄 생긴 거 몰랐어요? 1시간 뒤 일정이라서 서둘러야 된다고요!"

"네? 그게 무슨……."

채현은 이번에도 모르겠다는 반응이었다.

강혁은 고개를 절레절레 흔들며 재차 말했다.

"일어나요. 시간 맞추려면 지금부터 바로 움직여도 빠듯할 걸요?"

"…그, 그런가요?"

장성우를 등지며 부자연스럽게 윙크를 해보이고 나서야 채현은 드디어 무언가를 눈치챘는지 이야기에 응하는 모습이었다.

"잠깐만. 근데 그걸 왜 당신이 전해주는 거죠?"

"다른 매니저들은 따로 일이 있어서 바빠서 제가 대신 나와야만 했거든요."

잠자코 듣고 있던 장성우가 나서며 태클을 걸어왔지만 강혁은 자연스럽게 답하며 말을 이었다.

"실은 제가 이번에 여기 채현 씨랑 같은 소속사 식구가 되어서 말이죠. 저도 좀 황당하긴 한데 저야 어차피 따로 일정도 없는데 도울 수 있는 건 도와야 하지 않겠어요?"

웃으며 건네는 강혁의 말에 장성우는 말문이 막히고 말았다.

당장에 전화해서 확인을 할 수 있는 것도 아닌데 그 말에서 별 달리 집고 들어갈 수 있을만한 논리적 허점을 발견할수가 없었기 때문이었다.

"아무리 그래도 갑자기 이렇게 들이닥쳐서 마음대로 이야기를 진행하는 건 너무 무례한 것 아닌가?"

어쩔 수 없이 날이 선 불평의 말만을 토하는 장성우였지만 강혁은 눈썹 하나 까딱하지 않고 답했다.

"그만큼 바쁜 일정이라서. 그럼 어서 나가죠."

"알겠어요."

강혁의 손짓에 채현은 순순히 자리를 밀고 일어섰다. 그리고는 장성우를 향해 정중히 인사를 하며 말하는 것이다.

"죄송해요. 오늘은 제가 일이 있어서 먼저 일어나 봐야겠네요. 비록 즐기진 못했지만 점심 자리에 초대해주신 것은 감사해요."

따로 모나지 않으면서도 정석적인 인사였다.

장성우도 그쯤 되고나면 딱히 할 말이 있을 리가 없었다.

"천만에요. 그저 제대로 대접 못하게 된 게 아쉬울 뿐이죠. 게다가 식사는 언제든 또 할 수 있는 거잖아요?"

"죄송합니다."

장성우는 애써 웃는 낯을 지어 보이며 친절하고 매너 있는 남자의 모습을 연기했다.

"다음번에는 이런 황당한 상황에 처하는 일은 없었으면 좋겠네요."

덧붙이며 강혁에게로만 은밀히 사나운 시선을 보내는 장성우였지만 그가 머금는 독기 따위가 강혁에게 통할 리는 없었다.

"그럼 이만."

강혁의 인사를 마지막으로 두 사람은 레스토랑을 나섰다.

레스토랑의 바로 앞에는 종욱이 몰고 온 대형 SUV차량이 멈추어 서 있었다.

"채현아!"

"아…."

창문이 열리며 반가운 얼굴이 나타나자 채현은 그제야 긴장이 풀린 듯 얼빠진 신음을 머금었다. 강혁은 조수석 문을 열고 탑승하며 말했다.

"얼른 타요."

"네? 아, 네…."

재촉의 말에 채현이 허둥대면서도 뒷좌석의 문을 열고 제이현의 옆자리로 가서 앉는다.

종욱은 모두가 탑승한 것이 확인되자마자 부드럽게 엑셀을 밟았다. 이내 조용한 소음과 함께 대형 SUV차량이 굴러가기 시작했다.

❖

"그러면 일정 같은 건 없는 거네요?"

"그렇죠."

이야기의 전말을 간단하게나마 들은 채현이 안도감인지 아쉬움인지 모를 어조로 묻는다.

가볍게 대답을 한 강혁은 뒤로 이어질 질문 역시 무엇인지 알고 있다는 듯 재차 말을 이었다.

"같은 소속사 식구가 된다는 건 반 정도는 진실이고요."

"반만 진실이라니 그게 무슨 말이에요?"

"생각은 있는데 아직 계약서 같은 걸 쓴 건 아니라서요."

"그럼… 계약할 생각은 있는 거네요?"

"그렇죠."

무심한 듯 폰을 들여다보며 답하는 강혁의 목소리에 채현은 입을 다물었다. 무언가를 말하려 계속해서 입술을 달싹였지만 끝내 말이 나오질 않았기 때문이다.

"……."

"……."

그렇게 어색해진 분위기 속에서 도로를 움직여가는 차량의 배기음 만이 들리고 있을 때였다.

"근데 혹시 아쉽진 않아요?"

"네? 뭐가요?"

갑자기 건넨 강혁의 말에 채현이 고개를 갸웃거렸다.

옆에 앉은 제이현마저 무슨 말이냐는 듯한 표정을 지어
보이자 강혁은 피식 웃으며 말을 이었다.

"아까 그 스테이크요. 엄청 맛있어 보이던데. 한 점도 못
먹고 나왔잖아요."

"푸흣!"

생각지도 못했던 대답에 채현은 저도 모르게 실소를 머
금었다. 그리고는 진심으로 아쉽다는 듯한 표정을 지으며
말을 잇는 것이다.

"하긴 그렇긴 하네요. 가격도 엄청 비싸던데… 덕분에
공짜 시식의 기회가 날아갔어요."

"원래 세상일이란 게 다 그런 거 아니겠어요?"

"뭐… 그렇네요."

심드렁하게 건넨 강혁의 말에 채현은 피식거리고 웃으며
순순히 고개를 끄덕였다. 그렇게 다시금 어색함이 내려앉
으려는 순간이었다.

"저기 강혁 씨."

"네?"

정말이지 아무렇지도 않게 건네는 부름.

채현은 힐끗 돌아보는 강혁에게로 진심을 담은 얼굴로
말을 이었다.

"고마워요."

"천만에요."

짤막하기 그지없는 대화였지만 그 이상은 어떠한 말도

필요하지 않았다.

단지 그것만으로도 함축된 모든 것이 서로를 향해 전해 졌기 때문이리라.

"어… 그럼 우리 소고기 먹으러 갈래?"

"응? 소고기? 무슨 소고기!?"

갑작스레 끼어든 제이현의 말에 채현이 눈을 동그랗게 뜨며 되묻는다. 제이현은 실시간으로 메시지들이 쌓여가는 톡창을 보여주며 그 중 하나의 사진을 확대하여 비추어 주었다.

"애들 파티 중이거든. 저기 강혁 오빠가 팬미팅 기념으로 한턱 크게 쐈어."

"팬미팅? 아… 루나?"

"응. 오빠가 먹고 싶은 거 마음대로 먹으라고 카드까지 주고 나온 참이었거든. 흔치 않은 기회라서 그런지 애들이 아주 그냥 제대로 자리를 잡았네."

사진 속에는 먹음직스럽게 입은 채끝살을 무려 3겹이나 쌈 채소의 위로 쌓아 올린 채 입을 쩌억 벌리고 있는 멤버 수아의 모습이 담겨 있었다.

"오빠. 채현이도 먹어도 되죠? 실은 저도 제대로 못 먹고 나와서 배가 좀 고프거든요."

"그야… 괜찮지."

마치 당연하다는 듯 건네는 제이현의 말에 강혁은 그저 고개를 끄덕이는 수밖에는 없었다.

"와~ 그러면 바로 가죠. 매니저 아저씨?"

"왜 난 아저씨야?"

"나이차도 있고… 또 비주얼이 딸리잖아요."

"팩트 폭력 자제해줄래?"

대강 그런 이야기들을 나누며 네 사람은 한결 가벼워진 분위기 속에서 애플트립의 회식이 한창인 고기집으로 향했다.

"진짜 마음껏 먹어도 되죠? 후회하기 없기에요!"

"우와~ 고기 귀신이 등판했다!"

모두와 합류한 자리에서 강혁은 무려 '고기 귀신'라는 별명이 붙은 채현의 새로운 모습을 발견할 수 있었다.

빠르게 양질의 고기를 구워냄은 물론 그것들이 익자마자 귀신같이 젓가락을 놀리며 입속으로 가져가는 그녀의 실력을 엿볼 수 있었던 것이다.

참고로 그날 받아든 영수증에 쓰인 숫자는 무려 128만원이었다.

아무리 강혁이라고 해도 움찔할 수밖에는 없는 숫자였다.

'와~ 저게 어떻게 다 들어가냐.'

특히나 홀로 20만원어치의 고기를 해치운 채현의 전투력에는 강혁 역시도 기함을 토할 수밖에는 없었다.

자칫하면 사고가 날지도 몰랐던 일들이 작은 에피소드로 끝을 맺고 드디어 고대하던 촬영 날이 다가왔다.

그러는 사이 강혁은 정식으로 계약서를 쓰고 라온 엔터테인먼트 소속의 배우가 되었다.

활동 범위에 한해서는 최후의 최후에 가서까지 불똥이 튀는 신경전이 있었지만 결국에는 별개의 영역으로써 확정을 지을 수 있었다.

라온 엔터 소속으로서 활동하는 것은 오로지 국내에서만이고 외국에서의 활동은 강혁이라는 배우 개인의 것으로 확정을 지은 것이다.

대신이라고 하기엔 뭐하지만 차후 라온 엔터 소속의 연예인이 미국으로 진출을 할 필요가 있을 때에 종욱이 에이전트로써의 도움을 주기로 했다.

레스토랑에서의 일 때문에 혹시 장성우가 뭔가 수작을 부리지는 않을까 했는데 예상과는 달리 별 다른 일은 없었다.

본격적인 촬영에 들어가기에 앞서 모인 정식 미팅의 자리에서도 자신의 배역에 대한 지문 연기만을 행할 뿐 별다른 기미를 드러내진 않았던 것이다.

'그렇다고 해도 안심하긴 이르지만.'

강혁을 향한 장성우의 적대감은 여전히 현재진행형이었다.

잔뜩 꼬여있는 성격을 볼 때에 분명 뭔가 수작을 부리려 하겠지.

하지만 그런 상황과는 무관하게 촬영으로 들어가는 일정은 무척이나 순조로웠다.

촬영 팀부터 감독에 배우들까지 하나 같이 베테랑들이 모인 덕분에 무엇 하나 막힘이 없이 유연한 일정을 이을 수 있었던 것이다.

'확실히 다들 대단하긴 하지.'

홀로 해외파 스타라는 점에서 우쭐해 하고 있는 부분도 있었는데 강혁은 이번의 미팅으로써 그러한 생각들을 완전히 지워낼 수밖에 없었다.

하나 같이 10년이 넘어가는 연기 경력을 지닌 선배들이 보여주는 연기들은 그야말로 내공이라는 말로 밖에는 표현할 길이 없을 만큼 대단했기 때문이다.

감초 역으로 나온 사람은 짧은 지문에도 불구하고 순간 분위기를 전환시킬 수 있었으며, 중요한 조연으로 나온 사람은 불과 한마디만으로 긴장감을 끌어올리기도 했다.

제대로 연기를 하는 것도 아니고 단지 모여 앉아서 지문을 보고 육성 연기만을 할 뿐인데 말이다.

'특히나 김성기 선배님은……!'

김성기는 괜히 영화계의 대선배가 아니라는 듯 소름끼치는 연기를 보여주었다.

대단한 메소드 연기 같은 것을 보여준 것이 아니었다.

그저 맡은 배역에 화해 평범하기 그지없는 대사를 던질 뿐인데도 마주하는 이로 하여금 상황에 몰입할 수밖에 없도록 장악이 되고 말았던 것이다.

지문 연기일 뿐인데도 이러한 수준인데 제대로 세트장에 들어서서 연기를 한다면 어떤 느낌일지 조금은 무서운 기분이 들 정도였다.

'이번 시나리오를 잡길 잘 했어.'

톱스타 매니저의 도움을 받아 조금씩 성장해가고는 있었지만 역시 조금은 허전한 느낌을 감출 길이 없었다.

헌데 이번 영화를 통해 한 단계 높은 영역으로 갈 수 있는 기회를 잡게 된 것이다.

단지 선배 연기자들의 수준 높은 연기들을 마주하고 그것을 배우는 것만으로도 강혁은 많은 변화를 꾀할 수 있을 것이었다.

'이번 영화는 무조건 성공을 하게 될 테니까.'

연기적인 부분에서 뛰어난 실력을 지닌 것은 비단 선배들뿐만이 아니었다.

이번이 데뷔작이자 첫 번째의 연기이기도 한 강채현 역시도 크게 뒤지지 않는 수준급의 연기력을 선보이며 모두의 갈채를 받았던 것이다.

아마도 성우로 활동할 당시 연마한 경험들이 배우로서의 연기에까지 이어진 모양이었다.

잔뜩 꼬여있는 성격과는 달리 장성우도 연기력만큼은 흠

잡을 데가 없었다. 충무로에서 알아주는 젊은 연기파 배우로서의 실력을 마음껏 보여준 것이다.

주연급 악역이라는 배역의 특성상 강혁과는 부딪치는 신이 많아 지문을 읽을 때마다 단순한 연기 이상의 감정을 드러내기도 했지만, 감독의 눈에는 오히려 더 마음에 든 모양이었다.

이로써 장성우에게는 합법적으로 강혁에게 적대감을 드러낼 수 있는 권한이 생긴 셈이었다.

누가 이상한 시선으로 볼라치면 배역에 과도하게 몰입한 탓이라고 둘러대면 되니까 말이다.

아무튼, 그렇게 일정들이 순조롭게 진행되는 동안 강혁의 주변이나 미국의 현지 상에는 아무런 일도 벌어지지 않았다.

어쩌면 무언가는 벌어졌는지도 모를 일이었지만 적어도 인터넷상에 드러나 있는 정보에는 눈에 띄는 소식들을 찾을 수가 없었던 것이다.

뱀파이어에 대한 것도, 늑대인간에 대한 것도 기미를 찾을 수는 없었다.

유일하게 특이점이 있다면 오래 전에 헌터 길드 측에 보내두었던 메일에 드디어 답장이 왔다는 점이었는데, 거기에는 단지 짤막한 주소만이 한줄 쓰여 있었다.

그렇게 허술하게 본거지의 주소를 알려 줄 리는 없으니 아마도 지령을 받는 위치 같은 거겠지.

"뭐해? 얼른 가자. 탑승시간 다 됐어."

"어. 지금 갈게."

종욱의 채근에 답하며 강혁이 자리를 박차고 일어섰다.

오늘은 영화의 초반부이자 대작 영화로서의 스케일을 드러내는 중국 현지 촬영을 위해 먼저 이동하는 날이었다.

못해도 일주일간은 중국 쪽에서 촬영을 해야 하기 때문에 해당 신에 출연하는 배우들은 모두 함께 비행기를 탑승하게 되었다.

여기저기서 들었던 소문들 때문에 중국에서의 일정이 조금은 걱정됐지만 크게 두렵지는 않았다.

중국에서의 여건들이 아무리 열악하다고 해도 꿈속이나 미스트 대륙에서 겪어왔던 환경에 비할 바는 아닌 것이다.

게다가 강혁에게는 암살 의뢰 때문에 전 세계를 오갔던 사혁으로서의 경험도 있었다.

"식은 죽 먹기지."

"응? 뭐라고?"

"아냐. 그냥 혼잣말."

"요즘 들어서 자꾸 그러더라. 조심해. 나중에 괜히 중2병 배우 같은 소리 듣지 말고."

"큭큭, 알았어."

진심 어린 걱정을 담은 종욱의 질책에 강혁은 웃으며 고개를 끄덕였다.

『탑승 수속을 시작합니다. 퍼스트 클래스 고객님부터 탑
승해주십시오.』

그러는 사이 탑승 수속이 시작되었다.

강혁과 종욱의 티켓은 비즈니스 석이었다.

현재 강혁이 지닌 돈이라면 퍼스트 클래스도 충분히 이
용할 수 있었지만 쓸데없이 돈을 낭비하고 싶지는 않으니
까.

'기껏해야 2시간 비행이기도 하고.'

순서를 기다려 비행기에 탑승한 강혁은 그대로 짐을 올
리고 자리에 늘어졌다.

그런 강혁의 모습을 장성우가 지나치며 한심하다는 듯
쳐다보았지만 강혁은 아랑곳하지 않고 휴식에만 몰두했다.

❖

"오! 생각보단 괜찮네?"

"그래도 호텔이잖아. 그것도 5성급."

비행기에서 내려 장기간의 버스를 타고 도착한 숙소는
예상했던 것보다는 훨씬 더 괜찮은 곳이었다.

촬영을 진행할 사막 지대와 그리 멀리 떨어지지 않은 장
소에 무려 5성급의 호텔이 존재하고 있었던 것이다.

장소적인 특성 때문인지 숙박비가 조금 비싼 감은 있었
지만 어차피 로케 촬영을 위한 모든 비용은 제작비에서

나가기 때문에 강혁이 걱정할 필요는 없었다.

'주연 배우랍시고 특별대우를 받는다는 게 조금은 찔리 긴 하지만.'

호텔에 머무르는 이들은 채현과 장성우를 비롯한 주연 배우들뿐이었다.

단역에 가깝거나 비중이 그리 크지 않은 배우들과 촬영 팀들은 근처의 유스호스텔을 이용한다는 듯 했다. 종욱의 경우는 자비를 써서 이용하고 있는 것이니 별개의 인원이 었다.

매니저와 같은 업무를 보고 있긴 했지만 사실 종욱은 이 젠 북미 내에서도 조금씩은 인정을 받고 있는 에이전트로 서 고액 연봉자라고 할 수 있었다.

"촬영은 내일부터라고 했지?"

"응. 호족들 전투 신이랑 도주 신 위주로 찍는다고 했 어."

"내일부턴 정신없겠네."

"그렇겠지. 그래도… 기대되네."

강혁은 방에 들어서자마자 바닥에 대충 짐을 던져놓고는 침대로 버릇처럼 드러누웠다.

"뭐가 기대되는데? 초반부가 제일 빡센 신들 아니었냐? 막 말도 타고 와이어 액션도 있고."

"나니까."

"…하긴."

다소 거만해보이기까지 한 대답이었지만 종욱은 단숨에 납득하며 입을 다물고 말았다.

적어도 한국 내에서, 아니 전 세계를 찾아봐도 강혁만큼 뛰어난 피지컬을 지닌 배우는 찾을 수가 없을 것이기 때문이었다.

강혁이 특별대우를 받은 것 역시 바로 그 때문이 아니던가.

한 달 전부터 장성우를 비롯한 모든 배우들이 무술 감독에게 따로 훈련을 받아왔던 것과 달리 강혁은 자유 일정이 허락되었다.

활약을 했던 맨즈 챌린지 방송의 경우 넷상에서 워낙 화제가 된 탓도 있었지만, 그보다는 무술 감독이 냈던 테스트를 너무나도 가볍게 통과한 덕분이었다.

'실수를 하려고 해도 할 수가 없지.'

나름대로 뛰어난 신체능력에 무술 실력을 지닌 스턴트맨들이라고는 해도 강혁에게는 애송이에 불과했다. 느릿하다 못해 집중하면 아예 멈춰있는 것처럼도 보이는 상대역들과의 연기에서 사고가 발생할 리는 없는 것이다.

호흡이 흐트러지면 바로 그 순간 맞추어갈 수 있는 능력이 강혁에게 있었기 때문이었다.

덕분에 함께 합을 맞추었던 스턴트맨들을 비롯한 무술감독에게는 혹시 무슨 고대의 무술이라도 수련한 게 아니냐는 소리까지 들었다.

스턴트맨 쪽에서 실수를 해도 귀신 같이 타이밍을 수정하여 그것을 당연한 흐름인 것처럼 만들어버리니 그런 생각이 들 수밖에 없었다.

"아무튼, 내일부턴 바쁠 테니 좀 쉬어라."

"오케이."

어젯밤에 무슨 일이 있었는지 잠을 못잔 듯 피로한 기색이 역력한 종욱은 크게 하품을 한 뒤 문을 닫고 나갔다.

"……."

한순간에 조용해진 방안.

강혁은 침대 누운 채로 멍하니 천장을 응시했다.

"…근데 이제부터 뭘 한다."

딱히 할 일을 찾을 길이 없는 무료함과 홀로 남겨진 고요함의 감정들이 뒤섞인 채 흘러내렸다.

누운 채로 머리를 텅텅 비워내던 강혁은 어느 순간 떠오른 생각에 자리에서 일어나 앉았다. 그리고는 꽤나 오랫동안 잊고 있다시피 처박아 두고 있던 톱스타 매니저의 창을 열었다.

[현재 능력치]

외모 (82/100)

육체 (71/100)

재능 (51/100)

감각 (47/100)

남은 포인트: 36000P

지난번에 투자했던 이후로 아무런 변화가 없는 능력치 창이었다.

다만 달라진 점이 있다면 남아있는 포인트의 양이었다.

본래 6000P만이 남아있던 포인트에 추가적으로 30000P의 매니저 포인트가 더해진 것이다.

조건을 만족시켜 〈Clear〉 마크가 붙었음에도 완료가 되질 않고 있던 퀘스트가 사흘 전에 들어서야 겨우 완료가 되며 생겨난 포인트였다.

"퀘스트도 새로 생겼고."

강혁은 퀘스트창을 열었다.

[퀘스트(레어): 대표작의 성공] -연계 2단계-

-대표작의 기회를 잡았다고 해서 모든 것이 끝난 게 아니다. 배우는 결국 연기로 말해야하기 때문이다. 무슨 일이 생길지 모르는 촬영기간 동안 혼신의 힘을 다해서 영화의 완성도를 높이자.

-완료 조건: 촬영 기간 동안 영화의 작품성을 A등급에서 A+등급 이상으로 상승시키십시오.

-완료 보상: 매니저 포인트 120000

지난번 '대표작의 기회' 퀘스트가 완료되며 이어진 연계

퀘스트였다.

촬영기간 동안 A등급에 머물러 있는 영화 '달무리'의 작품성을 한 단계 위인 A+등급으로 업그레이드 시키라는 내용의 퀘스트인 것이다.

'기준이 조금 애매하긴 하다만……'

퀘스트의 지문에 '배우는 결국 연기로 말해야 한다.'라는 부분이 있는 걸로 아마도 연기부분에서 노력을 해야 한다는 뜻이겠지.

결코 쉬운 내용의 퀘스트는 아니었다.

하긴 무려 12만이나 되는 포인트가 걸린 퀘스트다.

"뭐든 쉬운 일이 없네."

푸념을 내뱉으며 강혁은 퀘스트 창을 내리고 다시 톱스타 매니저의 능력치 창을 열었다.

'당장에 연기력 향상을 위해서 도움이 되려면… 역시 감각 쪽에 더 투자하는 편이 좋겠지.'

강혁은 네 가지의 스텟들 중에 '감각' 부문을 응시했다.

그동안의 경험을 통해 연기력과 감각 스텟의 상관관계에 대해 파악했기 때문이었다.

'처음부터 계속 재능 위주로만 올렸었지만 말이지.'

가장 낮았기 때문에 가장 집중적으로 올렸던 재능 스텟은 사실 연기력 향상과는 크게 관련이 없는 부분이었다. 오히려 감각을 향상시킴으로 인해서 연기에 필요한 모든 센스들을 성장시키는 것이었다.

물론 그렇다고 해서 재능 스탯이 쓸모없다는 것은 아니었다.

재능은 말 그대로 대상자의 능력. 그러니까 배우로써의 한계치 자체를 높여주는 스탯이기 때문이다.

"그럼 어디."

강혁은 가용할 수 있는 모든 포인트를 감각 스탯에 투자했다.

[현재 능력치]

외모 (82/100)

육체 (71/100)

재능 (51/100)

감각 (51/100)

남은 포인트: 6000P

총 4번의 스탯 상승으로 총 3만의 포인트가 소모되었다.

공교롭게도 이번 역시 6000P의 포인트가 남겨지고 말았다.

'끄응, 있어도 쓸 수가 없다니…….'

가장 낮은 수치에 속하는 재능이나 감각 스탯 역시도 1단계를 올리기 위해서는 최소 9000P의 매니저 포인트가 필요했다.

강혁은 마치 애매한 금액만을 남겨 아쉬움을 남기는 현질

시스템을 마주한 것만 같은 익숙함을 느끼며 한숨을 머금었다.

하지만.

어쨌든 스텟을 상승시켰다.

"단계가 올랐으니 분명 체감이 있겠지."

투자되는 포인트의 양만 봐도 알 수 있겠지만 각 스텟들은 10단위의 숫자가 바뀔 때마다 확실한 단계의 차이가 나게 된다.

48과 49는 분명 그만큼의 차이가 있지만, 49와 50의 차이로 들어가면 그야말로 단계가 달라지는 것이다.

"으음…."

스텟 투자를 마친 강혁은 매니저창을 닫고서 다시 드러누웠다. 그렇게 한동안 누워있던 강혁은 이내 주머니를 뒤져 폰을 꺼내어 들어 저장해둔 대본의 텍스트 파일을 떠올렸다.

그리고는 내일이면 촬영에 들어갈 신들을 읽어가며 상상에 잠기는 것이다.

강혁의 머릿속으로 넓은 사막이 펼쳐지고 그 끝으로 연결된 마을의 전경이 비추어진다.

질주하는 군마들과 그 위에서 용맹하게 검과 창을 휘두르는 병사들의 모습들이 스쳐 지나가는 가운데 강혁은 어느새 그곳에 속한 호위무사의 모습으로 탈바꿈해 있었다.

"감이 좋지 않군요."

채현이 연기하게 될 히로인 '채령'과 함께 볼일을 마치고 집으로 돌아오던 길에 이변을 알아차린 강혁, 그러니까 극중 '최호'가 처음으로 내뱉게 되는 대사였다.

마치 잘 다듬어진 명검과도 같은 기운이 대사 속에서 자연스레 묻어나왔다.

지금 이 순간,

강혁은 완벽히 최호의 역으로 빙의해 있었다.

'확실히 체감이 나긴 하네.'

이전까지 연기를 했을 때는 미처 느껴보지 못했던 감각이었다.

생각했던 감정들이 좀 더 자유자재로 컨트롤이 되는 느낌.

"괜찮네."

짤막한 대사 속에 숨겨져 있던 디테일이나 개연성마저 읽어지는 것을 느끼며 강혁은 한동안 연기 연습에 몰두했다.

"모두들 잘 쉬었겠죠? 오늘은 일정 꽤 하드하니까 다들 힘냅시다!"

"넵!"

"파이팅!"

날이 밝고 이른 아침부터 깨어나 촬영 장소로 이동한 모두는 감독의 선창으로 새롭게 의지를 다졌다.

미리미리 준비를 해둔 탓에 사실상 쫓기는 일정이라고까지는 할 수 없었지만 그런 때일수록 정신을 차려 실수를 줄여야 한다는 것을 알고 있기 때문이다.

오늘 강혁의 촬영분은 사실상 영화의 스케일을 보여주는 시작점이자 채령의 호위무사가 되기 전 낭인으로서 전쟁터를 전전하던 최호의 모습을 보여주는 프롤로그와도 같은 신이었다.

못해도 수백 명의 사람들이 말을 타고 오가며 무기를 휘두르고 부딪치며 피 터지는 전투 장면을 묘사해야 하기 때문에 난이도가 높을뿐더러 위험하기까지 한 신.

특히나 강혁의 경우 무술감독의 제안으로 인해 말 위에서 곡예와도 같은 액션까지 펼쳐야 했다.

대부분의 위험한 장면들은 스턴트맨들이 대행하는 것과는 달리 상당히 이례적인 처사였다.

하지만 사실 그 부분에 대해서는 사실 어쩔 수 없는 사연이 있었다.

'내가 하는 게 더 나았으니까.'

아무리 사실감을 중시하는 황권호 감독이라고 해도 마상 전투 신의 경우는 스턴트맨을 쓰려고 했지만 실제로 전문 스턴트맨이 연기하는 것보다 강혁이 직접 하는 편이 더 멋있고 아찔한 장면으로 귀결되니 어쩔 도리가 없었다.

덕분에 오늘 강혁의 촬영분은 그야말로 하드코어였다.

초반의 전투 신은 물론 마을 세트장에서의 검술 대결까지 찍어야 했기 때문이다.

잔혹하면서도 강인했던 낭인 시절의 모습이 채령의 호위무사로 자리를 잡은 현재의 모습으로 오버랩 되며 주변과 얽힌 인간관계들이 알려지게 되는 신이었다.

극중 라이벌이자 악역인 연남천(장성우)과 처음으로 대결을 펼치는 장면이기도 했다.

촬영은 그것으로 끝이 아니었다.

밤이 저물면 추적해오는 호족들의 암살대를 상대로 1대 다수의 싸움을 벌여야하는 고난이도의 도주 신까지 남아있는 것이다.

"특히 우리 강혁 배우님은 좀 수고해줘요."

"하하, 걱정 마세요. 체력은 자신 있으니까요."

제작비를 절약하기 위해 중국 내의 촬영은 최대한으로 빡빡하게 잡혀있었다.

때문인지 감독이 미안함을 담은 목소리로 부탁을 해왔지만 강혁은 웃으며 대답을 했다.

"오우야~ 패기가 장난이 아니구마잉~!"

"봤습니까? 요즘 애들이 이렇게 무섭습니다."

옆에서 익살스럽게 말을 걸어오는 감초 전문 배우 김해성의 말에 강혁은 너스레를 떨며 콧대를 세웠다.

그는 유스호스텔에서는 도저히 못 자겠다며 호텔 숙박비

를 자비로 결제했는데 우연찮게 강혁의 바로 옆방에 배정받았기 때문에 두 사람은 어제 하루 사이에 꽤나 많이 친해진 상태였다.

"허헛, 아무튼 잘 부탁하네!"

"넵!"

한결 부담이 사라진 얼굴로 내뱉는 감독의 말에 강혁은 힘차게 대답했다.

"그럼 모두 준비해! 다들 자리 기억하지?"

"걱정 마십쇼. 아까부터 다들 기다리고 있습니다요."

감독의 지시에 옆에 있던 조감독이 호언장담을 하며 가슴을 탕탕 두드렸다. 감독은 믿음직스럽다는 듯 고개를 주억이며 넓게 펼쳐진 사막을 응시했다.

"모두 스탠바이!"

감독의 손짓에 목청을 높여 외치는 조감독.

그의 외침에 따라 자리를 잡고 있던 단역 배우 및 스턴트맨들이 긴장된 표정을 짓는다.

이내,

"스타트!"

쐐기를 박듯 떨어지는 외침에 모두들 일제히 자신의 동선을 따라 움직이기 시작했다.

두두두두-

"쳐라앗!"

"돌격!"

지축을 울리는 말발굽 소리와 함께 두 패로 갈려 있던 군단이 서로를 향해 부딪쳤다.

톱스타의 킬링필드

Kill is coming

chapter 5. 연기와 진심

Hell is coming

chapter 5. 연기와 진심

"수고하셨습니다!"

"다들 수고했어요!"

흙먼지가 가득한 사막의 대지 위에서 모두가 손을 올려
박수를 치며 서로를 치하한다.

완벽한 영상을 뽑기 위해 별다른 NG가 없었음에도 무려
17번이나 재시도하며 촬영을 반복한 끝에 만족할 만한 성
과를 거두었기 때문이었다.

신에 출연했던 배우들은 별다른 분장을 더하지 않았음에
도 하나같이 전쟁터에서 막 빠져나온 것처럼 엉망진창이었
다. 그렇게나 많은 흙먼지를 뒤집어썼으니 현장감이 사는
것도 당연하다.

"휴우… 빡세다."

모두들 숨을 쌕쌕 몰아쉬고 있는 가운데 강혁 역시도 작게 숨을 내쉬었다. 아무리 강혁이라고 해도 쉬지 않고 이어진 대규모 전투 신의 반복에는 지칠 수밖에 없었던 것이다.

게다가 신을 반복할수록 감독의 욕심이 더해져서 강혁만 추가적인 액션 신이 더해졌었다.

하긴, 무슨 액션을 요구하든 듣는 즉시 완벽에 가깝도록 해내버리니 감독으로서는 욕심을 낼 수밖에 없었을 것이었다.

'퀘스트만 아니었어도 말이지.'

프로 스턴트맨들마저도 부담스러울 만큼 곡예에 가까운 고난이도의 액션 신을 선보이고 있었지만, 사실 육체적으로 크게 부담이 되는 것은 아니었다.

다만 퀘스트에 신경이 쓰인 탓에 액션 연기를 하고 있으면서도 사소한 흐름 하나하나마다 의미를 찾고 세세한 디테일들을 더하려 노력을 했었던 것이다.

아무리 강혁이라고 해도 감독의 추가적인 주문으로 새로워지는 상황들에 맞추어 연기를 지속하는 강행군에 심신이 지칠 수밖에 없었다.

"오우… 진짜 수고했다!"

사막에서 물러나 캠프로 들어서자 종욱이 감탄인지 걱정인지 모를 소리를 토하며 손에 쥐고 있던 물수건을 건넸다.

"응. 이번에는 나도 좀 빡세네. 근데 물은 없어?"

"일단 얼굴부터 닦아. 여기 다 준비해놨으니까."

물수건으로 흙투성이의 얼굴을 대충이나마 닦아낸 강혁은 차가운 기운이 맴도는 보온병을 받아들고는 시원하게 얼음물을 들이켰다.

"크하아~ 이제야 좀 살 것 같네."

"그거 냉수야? 나도 좀 줘봐. 속 좀 차리게."

텁텁해진 입안을 적시며 목구멍까지 차갑게 식히는 얼음물의 쾌감에 강혁이 감탄사를 토하고 있자 완전 거지꼴이 된 김해성이 다가와 손을 내밀었다.

"오우야~ 마시기도 전에 녹는 느낌이네."

보온병을 받아들자마자 또 오버해서 너스레를 떨어대는 김해성의 모습에 실소를 머금던 강혁은 이내 다가온 분장팀 스태프들의 안내를 받으며 자리를 옮겼다.

비중이 있는 배우들이 편안하게 쉬며 대기하거나 분장을 할 수 있도록 간이로 설치된 텐트의 안이었다.

"아! 강혁 씨. 진짜 고생했어요. 덕분에 완전 쩌는 영상이 나왔다니까?"

"에이~ 다 감독님이 멋지게 잡아주신 탓이죠."

때마침 대기실을 나서다 마주친 감독의 칭찬에 겸손을 떨자 안쪽에서 먼저 분장을 받고 있던 장성우가 꼴사납다는 듯 쳐다본다.

하지만 강혁은 아랑곳하지 않고 감독과 몇 마디 더 덕담을 나눈 뒤에야 안으로 들어섰다.

"아주 그냥 아첨꾼이 따로 없네."

감독의 모습이 시야에서 완전히 사라지자 끝내 장성우가 흘리듯 쪼아대는 말을 토해냈지만 강혁은 눈썹 하나 까딱하지 않았다.

'이게 사회생활이라는 거다. 뺀질이야.'

아무런 사람도 아니고 한국에서도 손꼽히는 흥행 감독인데 그런 사람과의 인맥을 좋게 만들면 만들수록 좋지 않겠는가.

다행히도 첫인상을 다진 술자리부터 해서 오늘의 촬영에 이르기까지 강혁은 감독을 비롯한 모두에게 이미지가 나쁘지 않은 편이었다.

특히나 감독의 경우는 조금 전의 전투 신을 찍고는 아예 팬이라도 된 것처럼 강혁에게로 강한 호감을 갖기 시작했고 말이다.

"아무튼, 고생했어요."

"아직 끝난 건 아니지만요."

먼저 분장을 끝마친 채현이 화사한 느낌이 드는 궁장을 걸친 채로 가볍게 말을 건넸다. 지난번의 일 때문인지 이전보다는 훨씬 가까워진 듯한 말투다.

"2시간 뒤에 바로 촬영 들어간다고 했죠?"

"네. 그래서 좀 정신이 없네요."

그런 대화들을 나누고 있는 동안 분장팀 스태프들이 분주하게 움직이며 갑옷을 풀어내고 드러난 피부 곳곳에 묻어난 먼지들을 닦아낸다.

"그럼 전 나가볼게요."

슬슬 옷을 벗어야만 할 순간이 다가오자 채현은 급하게 대화를 마무리 지으며 밖으로 나섰다.

"일단 좀 씻으실까요?"

"네."

전투 신에 쓰였던 모든 복장을 벗어낸 강혁은 스태프의 말을 듣자마자 피부 위로 바싹 늘러 붙었던 티셔츠를 벗어냈다.

"와아…!"

순식간에 드러난 강혁의 갑옷과도 같이 탄탄한 근육질 몸매에 스태프들이 일제히 시선을 빼앗기며 감탄사를 토해냈지만 정작 강혁은 신경 쓰지 않고서 대기실의 옆에 마련된 간이 샤워실로 향했다.

"방금 봤어?"

"와~ 쩐다. 어떻게 몸이 저럴 수가 있냐?"

"나 오늘부터 강혁 팬 할래."

"흐흐, 나도."

희미하게 들려오는 여성 스태프의 말을 들으며 실소를 머금던 강혁은 모든 옷을 훌훌 털어버리고 호쾌하게 샤워기를 틀었다.

쏴아아아–

"으헉!"

갑자기 차가운 물이 떨어져 내린 탓에 꼴사나운 신음소리를 내긴 했지만 강혁은 이내 쾌남과도 같이 차가운 물줄기들을 이용해 빠르게 샤워를 끝마쳤다.

"이 옷으로 갈아입고 바로 앉아주세요."

준비된 옷으로 갈아입고 밖으로 나서자 단발머리의 여성 스태프가 무사복을 내밀며 재촉했다. 강혁은 순순히 옷을 받아들고 도움을 받아 빠르게 환복을 끝마치고 앉았다.

그런 강혁의 옆으로 분장스태프들이 빠르게 달라붙었다.

무려 5단은 되는 듯한 분장 가방을 펼치는가 싶더니 안에서 각종 도구들을 꺼내며 빠르게 강혁의 얼굴을 터치해 가기 시작한다.

그러는 사이 나머지 한 명의 스태프는 머리를 정리하고 준비해둔 가발을 씌워 고정시킬 준비를 하고 있었다.

다행히 좀 전까지 퉁한 표정을 짓고서 앉아있던 장성우는 어디론가 사라져 보이지 않았다.

아마 채현의 뒤꽁무니라도 쫓아간 거겠지.

강혁이 얌전히 앉아 분장을 받고 있자 손을 놀리던 단발머리 스태프가 조심스럽게 입을 열었다.

"저기…."

"네?"

"혹시 강혁 씨는 배우 되기 전에 뭔가 따로 운동이라도 하셨나요?"

질문을 던지는 그녀의 눈길이 무사복의 사이로 드러난

강혁의 쇄골을 훑는다.

강혁은 웃으며 말했다.

"운동이야 늘 하고 있죠. 몸매 가꾸기는 기본이잖아요? 혹시 스포츠 같은 걸 했냐고 물으신 거라면 아니에요. 그냥 헬스 같은 걸 꾸준히 하고 있어요."

"와아~ 역시 그냥 나온 몸매가 아니구나!"

"왜요. 제 몸매가 좀 괜찮나요?"

"그럼요! 완전 쩔어요! 제 코디 인생 5년 동안 그런 몸매는 본적도 없는 걸요. 그냥 보기 좋으라고 만들어진 근육이 아니라 완전 실전적인 근육들이 꽉 들어차 있는데… 아주 그냥……."

"야! 넌 대체 뭔 소릴 하는 거야!?"

한번 털어놓기 시작하자 봇물이라도 터진 것처럼 쏟아내는 찬양의 말에 머리를 만지고 있던 스태프가 핀잔을 준다.

무슨 상상을 하는지 침까지 흘릴 기미를 보이며 자신만의 세계로 떠나갈 것처럼 보이던 단발머리 스태프는 찔끔한 표정을 지으며 고개를 숙여보였다.

"으… 죄송해요. 제가 근육질 몸에 로망 같은 게 있어서요. 혹시 기분 나쁘셨다면 죄송합니다."

"걱정 마요. 기분 안 상했으니까. 어차피 남들 보라고 가꾼 몸인데요 뭘."

"헤헤, 그럼 다행이고요."

단발머리 스태프는 머쓱하게 웃어보였다.

그러는 와중에도 그녀의 손은 강혁의 얼굴 위를 프로페셔널한 움직임으로 화장을 해나가고 있었다.

❖

"다 됐어요!"

"수고하셨습니다."

불과 40여 분만에 강혁은 완전한 호위무사 최호의 모습으로 탈바꿈 했다.

좀 전까지 촬영을 했던 낭인시절의 최호에 비하면 훨씬 깔끔해지고 묵직해진 듯한 모습.

전쟁터에서의 모습이 날카롭고 광기에 어린 느낌을 머금고 있었던 반면, 지금 최호의 모습은 그 모든 광기를 몸속 깊숙한 곳에 담아둔 채 은거를 한 것만 같은 모습이었다.

별다른 연기를 하고 있지 않음에도 단순한 분장과 몇 가지의 도구들로 설정을 하는 것만으로도 완벽한 분위기의 전환이 된 것이다.

다른 팀원들의 커리어만큼이나 분장팀 스태프들의 실력 역시 보통은 아니었다.

"왔네요."

"지각은 아니죠?"

"아슬아슬 했어요."

진행 스태프에게 안내되어 다음 촬영이 이어지는 마을 세트장으로 이동하자 먼저 기다리고 있던 채현이 반갑게 인사를 건넸다.

좀 전까지만 해도 그녀에게 무언가 말을 건네고 있던 장성우가 불쾌하다는 듯 강혁을 쏘아보았다.

채현과 친근하게 인사를 나누는 강혁의 모습이 무척이나 눈꼴이 시린 듯한 표정이었다. 하지만 그런 그의 표정은 이내 그림자에 가려지기라도 한 것처럼 거짓말처럼 사그라졌다.

'…음?'

강혁의 눈썹이 꿈틀거렸다.

장성우가 표정을 감추기 직전 잠깐이나마 비추어졌던 변화를 읽어냈기 때문이었다.

그야말로 찰나라고 밖에는 표현할 수 없을 만큼 순식간에 지나간 변화였지만 분명 그의 표정 사이에는 위험한 미소가 머물렀다.

'뭔가 꾸미는 게 있는 모양이군 그래.'

모르는 척 장성우에게서 시선을 거둔 강혁은 실소를 머금었다.

안 그래도 첫 대면부터 적대감을 표출하였기에 기회가 생기면 한번 제대로 손을 봐줘야겠다고 생각하고 있었는데 저 스스로 기회를 만들어주려는 게 아닌가.

'차라리 잘 됐어.'

강혁은 자신이 있었다.

얼마 전 묵어 두고 있던 C등급 랜덤 아이템 박스를 통해 괜찮은 꽤나 스킬북을 얻었기 때문이었다.

[너를 알고 나를 알면(패시브)]

-연기의 세계에서 중요한 것은 결국 시너지다. 상대의 역량을 읽어내서 가장 좋은 결과를 끌어내보자.

-상대의 역량을 읽어낼 수 있다.

-같은 배우에게만 통한다.

-자신보다 수준이 높은 대상에게는 통하지 않거나 한정된 정보만을 읽어낼 수 있다.

말 그대로 상대의 실력을 읽어낼 수 있는 '너를 알고 나를 알면' 스킬을 이용해서 읽어낸 장성우의 스텟은 이러했다.

[장성우의 능력치]

외모 (72/100)

육체 (64/100)

재능 (70/100)

감각 (28/100)

재능적인 부분에서는 꽤나 대단한 수치를 나머지 부분에서는 모두 강혁의 아래였다. 심지어 감각 부분에서는 톱스타 매니저를 얻기 전의 강혁보다도 낮을 만큼 처참한 수준인 것이다.

아마도 그는 높은 재능을 이용해서 유명세를 얻고 그를 통해 지금까지 승승장구 해왔을 것이었다.

그는 언제나 주연을 맡아왔기 때문이었다.

첫 작품이 대박을 친 탓에 몸값이 급격히 뛰었고 이후에 찍었던 작품들은 크게 히트를 치진 못했지만 나름대로 중박은 찍었다.

덕분에 젊은 배우들 중에서는 최고의 연기파 배우라는 타이틀을 얻을 수 있었던 모양이지만⋯⋯.

'다 거품이지.'

장성우는 아직 바닥이 드러나지 않았을 뿐인 깡통이었다.

그러니까, 강혁은 자신이 있었다.

'어떤 식으로 나오든 결국 스스로의 바닥을 드러내게 될 뿐이니까.'

은밀하게 장성우를 비웃던 강혁은 촬영의 시작을 알리는 감독의 신호에 따라 촬영지를 향해 걸음을 옮겼다.

"조금만 더 동선을 타이트하게 가볼게요! 조명팀은 각도에 더 신경 써주세요."

"예!"

몇 번의 리허설을 거쳐서 보조 출연자를 포함한 모두의

동선들을 수정한 감독은 조감독을 불러 몇 가지 더 지시를 하는가 싶더니 이내 시작을 하겠다는 신호를 보냈다.

"모두 준비되셨죠? 슛 갑니다!"

조감독의 말에 모두 자신의 자리에서 가벼운 긴장을 머금는다. 찰나의 정적이 일고 이내, 조감독이 외쳤다.

"레디!"

지미집에 매달린 카메라가 돌아가기 시작하고 주역도 단역도 감독의 신호에 집중하는 가운데 콜이 떨어졌다.

"액션!"

타이밍에 맞추어 멈추어있던 사람들이 약속된 경로에 맞추어 자연스러운 흐름으로 지나다닌다.

이번에 촬영할 신은 마을의 저잣거리를 싸돌아다니기 좋아하고 쾌활한 성격을 가진 채령(채현)의 나들이에 최호(강혁)가 호위로 따라온 상황에서 호족 가문의 소가주이자 후대 고려제일검으로 유력시 되고 있는 인물인 연남천(장성우)과 처음으로 조우하는 장면이었다.

단아하고 아름다운 용모의 채령이 밝게 웃으며 저잣거리의 이것저것 관심을 가지는 모습에 연남천이 반하고만 것이다.

원하는 것은 반드시 가져야만 직성이 풀리는 연남천은 곧장 접근하여 자신의 이름을 밝히고 관심을 표명했다.

문제는 바로 그 표현의 방식이었다.

눈에 띄지 않기 위해 하인들의 옷을 빌려서 나선 터라

그녀를 낮게 본 연남천이 다짜고짜 첩의 자리를 제안했던 것이다.

당연히 채령은 거절했고, 그에 모욕을 당했다고 생각한 연남천은 뭔가 제대로 된 설명이 더해지기도 전에 칼을 뽑아든다.

갖지 못하면 차라리 부숴버리자는 것이 그의 신조였으므로.

그때 그녀를 지키며 나서는 것이 바로 최호였다.

감히 당대 최고의 후기지수인 자신에게 검을 꺼내 든 최호의 모습에 연남천은 대노하며 검을 휘두르지만 최호는 노련하게 모든 공격들을 막아내며 맞수를 이룬다.

바로 그것이 두 사람의 질긴 악연의 시작이자 지독하도록 길게 이어지는 라이벌 관계의 시작이었다.

영화를 보게 될 관람객들에게는 채령, 최호, 연남천 이 세 사람간의 관계를 이해하기 쉽도록 드러내 보여주는 설명적 장치이기도 한 신인 것이다.

"호! 이거 좀 봐! 너무 예쁘지 않아!?"

"네. 예쁘군요."

저마다의 목적으로 저잣거리를 오가는 사람들의 틈바귀로 채령이 눈을 빛내며 옥 세공 목걸이를 들어 보인다.

최호는 무덤덤한 얼굴로 고개를 끄덕일 뿐이었다.

"반응이 그게 뭐야? 좀 더 생동감 있게 하라고!"

"죄송합니다."

최호의 반응이 마음에 들지 않은 듯 채령이 볼을 부풀리며 볼 멘 소리를 토했지만 최호는 요지부동이었다.

그렇게 두 사람이 대화를 나누고 있을 때였다.

푸른색의 고급스러운 무복에 허리춤에는 검까지 착용한 한 남자가 두 사람에게로 다가왔다.

그의 기색을 눈치 챈 최호가 자연스럽게 자리를 옮기며 채령을 보호하기 편한 위치로 이동하는 가운데 다가선 남자 연남천이 성큼 다가서며 말했다.

"아름답구나."

"…네?"

얼른 상황을 파악하지 못하고 어리둥절한 표정을 짓는 채령의 모습에 연남천은 더욱더 탐욕스러운 시선을 드러내며 말을 이었다.

"나는 연남천이라고 한다. 연가문의 소가주지. 어떠냐. 나의 첩이 되지 않겠느냐? 만약 나를 따라온다면 네가 상상도 할 수 없는 기쁨을 안겨주마."

제안이라고 할 수도 없는 일방적인 통보였다.

채령이 미간을 찌푸리며 말했다.

"싫은데요."

"뭣이?"

"싫다고 했어요. 어째서 제가 그쪽의 첩이 되어야 하는 거죠? 저희 초면이 아니었던가요?"

지극히 상식적인 대응이었지만 연남천은 눈썹을 꿈틀대며

불쾌감을 드러냈다.

"감히 나의 제안을 거절하겠단 말인가?"

"그게 무슨….."

오만하다 못해 어이없기까지 한 연남천의 반응에 채령은 어찌할 줄을 모르고 당황한 표정을 지어보였다.

"그렇다면 좀 더 알기 쉽도록 만들어주마."

촤앙-

선고와 함께 연남천이 허리춤으로부터 검을 뽑아들었다. 그리고는 이내 채령을 내려다보며 말을 잇는 것이다.

"나를 따르겠느냐, 아니면 여기서 죽겠느냐?"

"잠깐만, 대체 무슨 이야길……."

"선택하여라."

날카로운 기세를 뿜어내는 연남천의 제안에 채령은 제대로 말을 잇지도 못한 채 버벅거릴 뿐이었다.

바로 그때 그녀의 앞을 막아선 것이 최호였다.

널찍한 등이 채령의 앞으로 들어서고 연남천을 마주본 최호가 말을 잇는다.

"그에 대한 대답은 우선 보류해야 할 것 같군요."

"허! 별 거지같은 일도 다 있군. 보아하니 칼밥 좀 먹은 모양인데 괜히 끼어들지 말고 꺼져라. 아니면 이 여인의 친인이라도 되는 것이냐?"

"그건 아닙니다만."

"그럼 꺼져라. 쓸데없이 목숨을 재촉하지 말고."

으르렁대듯 쏘아붙이는 연남천이었지만 최호는 눈썹 하나 까딱하지 않고서 고개를 저었다.

"그럴 수는 없겠군요."

"건방진!"

연남천의 눈썹이 분노로 꿈틀거렸다.

그와 동시에,

카아앙—

섬광이 일며 검과 검이 부딪치는 금속성이 크게 울렸다.

"네놈…!"

섬전과도 같이 휘둘러진 연남천의 검격이 채 뻗어져 나가기도 전에 최호의 허리춤으로부터 검이 뽑아져 나오며 경로를 막아냈기 때문이었다.

"컷!"

바로 그 장면에서 신이 끝났다.

다음 신부터는 합이 중요한 액션 신이기 때문에 여러 번 찍을 각오를 해야 하기 때문이었다.

"방금 거 좋았어요! 세 사람 케미 되게 좋은데? 허허허!"

감독은 만족한 기색이었다.

그게 그의 스타일이기도 했다.

감독이란 조금이라 더 나은 결과물을 위해 욕심을 내야 하는 사람이지만, 황권호 감독은 욕심의 중요도를 분배할 줄 알았다.

상대적으로 중요치 않은 장면에 쓰일 시간과 필름을 아껴서 중요한 장면들의 시도 횟수를 늘린다.

때문에 그는 충무로에서 손꼽히는 거장 영화감독이었으며, 또한 임팩트의 달인이었다.

"잠깐만 쉬었다가 바로 이어서 갈 건데… 강혁 씨랑 성우 씨 둘 다 준비는 됐어요?"

"네. 안 그래도 아까 전에 미리 합을 맞춰봤습니다."

"연습할 때는 딱히 실수가 없었네요."

저잣거리 신에서 이어지게 될 검술 대결 신을 위해서 강혁과 장성우는 촬영에 들어가기에 앞서 무술 감독의 앞에서 두 어 번 합을 맞추어 보았다.

서로의 스케줄 때문에(사실은 장성우 측에서 이런저런 핑계로 피해왔기 때문이지만) 각자 스턴트맨을 상대로 연습을 할 수밖에는 없었기 때문이다.

그러므로 이번에 처음으로 맞추어보는 합이었지만 예행 연습의 결과는 그야말로 완벽했다.

당연한 일이었다. 강혁에게는 상대의 실수마저 읽어내어 수정할 수 있을 만큼의 실력이 있기 때문이었다.

의외로 피나는 연습을 한 것인지 장성우는 한 치의 실수도 없이 군더더기 없는 움직임을 보여주며 완벽한 합을 만들어냈다.

그 칭찬이 인색한 무술감독 역시도 무심코 고개를 끄덕거렸을 정도.

연기파 배우라는 이름이 아깝지 않도록 장성우는 자신이 맡은 배역에 대해 최선을 다하고 있는 것처럼 보였다.

적어도 좀 전까지의 신에서 보여주었던 그의 연기력은 낮은 감각 스텟의 수치만으로 평가를 내릴 수 있을 만큼 모자란 것은 절대로 아니었기 때문이었다.

'그래도 배우로써의 자존심은 있다 이건가.'

하지만 강혁은 비웃음을 머금었다.

그의 실력 자체를 비하하는 것이 아니었다.

모두를 속이기라도 하듯 완벽하게 연기에 몰두하는 것처럼 보이는 그의 모습에서 노골적인 징조를 눈치 챘기 때문이었다.

손에 몽둥이를 쥐고 줄에 매달린 떡밥을 흔들어 보이기라도 하는 것처럼 장성우의 설계는 너무나도 뻔했다.

'일단은 방심을 시키겠다는 거겠지.'

장성우는 언뜻 보기에는 어려운 연기로 들어가기에 앞서 긴장을 가라앉히고 있기라도 한 것처럼 눈을 감은 채 명상에라도 빠진 것 같은 모습이었다.

'열심히 하네.'

그러나 강혁은 알고 있다.

저 역시도 그저 연기에 불과하다는 것을.

이미 들켰다는 것도 모른 채 자신이 설계한 시나리오의 성공을 위해 연기를 하는 데 여념이 없는 장성우의 모습에 강혁은 조용히 입 꼬리를 말아 올렸다.

❖

'보고 있겠군.'

눈을 감은 채로 장성우는 날아드는 시선 속에서 강혁의 것이 있음을 짐작했다.

왜냐하면 그가 그렇게 만들었기 때문이었다.

대기실에서든, 지나치면서든 마주칠 때마다 가리지 않고 적극적으로 적대감을 표출했다.

아무리 성격이 무던한 인간이라고 해도 그쯤 되면 상대를 의식할 수밖에 없게 된다. 인간은 선의보다는 악의에 더 민감하게 반응할 수밖에 없는 생물이기 때문이다.

그것을 무엇보다 잘 알고 있는 장성우는 강혁에게로 자신의 악의를 드러내면서도 정작 연기를 할 때에는 그것에만 집중하는 모습을 보여주었다.

아무리 싫은 대상이라고 해도 공과 사는 구분할 줄 아는 인간이라는 틀을 스스로에게로 뒤집어씌우는 것이다.

오로지 강혁의 방심을 불러일으키기 위해서.

장성우도 바보는 아니었다.

'무식하게 몸밖에 움직일 줄 모르는 새끼!'

육체적인 다툼으로 가봤자 자신에게 승산이 있을 리 없다는 것을 알고 있는 것이다. 때문에 그는 번거롭게 판을 짜고 연기를 해가면서 지금까지의 흐름을 만들어냈다.

'네놈에게 선배의 무서움을 알려주마!'

장성우는 아무리 강혁이라고 해도 방심의 순간에 벌어지는 사고에 대해서는 반응하기 어려울 것이라 생각했다.

특히나 그것이 피나는 노력을 통해 가공되어진 의도적 사고라면 더더욱 말이다.

"자~ 두 분 준비 들어가실게요!"

마침 조감독의 외침이 들려왔다.

눈을 뜨고 상념에서 깨어난 장성우는 의미심장한 미소를 머금으며 자리로 가서 섰다.

"잘해보죠."

"그 쪽만 잘하면 될 듯 하군요."

의례적으로 건넨 강혁의 말에도 일일이 날을 세우며 쏘아붙이는 장성우였지만 그런 와중에도 표정만큼은 진중하게 한 채로 자세를 취하는 데에 집중했다.

검을 마주한 상태 그대로 서로를 노려보고 있는 자세.

"지금 구도 좋아요! 바로 들어갈 거니까 준비해주세요!"

"조명 완료!"

촬영팀이 신호를 보내자 조감독이 고개를 끄덕이고는 감독을 응시한다.

이내 감독이 손을 들어 신호를 보내자,

"레디!"

다시 소리 높여 외친다.

동시에 강혁과 장성우 역시도 연기를 시작한다.

"액션!"

그리고 마침내 콜이 떨어졌다.

"죽여주마!"

콜이 떨어지기가 무섭게 장성우가 검을 맞댄 강혁을 거칠게 밀쳐내며 일갈을 터뜨린다.

분노하여 최호를 대하는 연남천의 모습이라기보다는 강혁 본연에 대한 악의를 있는 그대로 표출하고 있는 듯한 장성우의 모습.

하지만 그렇기에 더욱더 생생한 장면이 찍고 있는 카메라를 통해 감독 앞의 영상으로 이어진다.

"……."

말없이 검을 되돌려 기수식을 취하는 최호의 모습을 보며 연남천은 폭발적인 기세로 땅을 박차고 달려들며 검을 휘둘렀다.

위에서 아래로 내리찍는 단순하기 그지없는 참격.

그러나 그곳에는 대단한 기세가 서려 있었다.

카아앙-!

검을 들어 연남천의 참격을 막아낸 최호는 그대로 검로를 흘리며 보법을 밟았다.

검로를 따라 물 흐르듯이 이어지는 움직임.

하지만 연남천의 검은 그 모든 것을 부숴버리기라도 할 것처럼 거칠게 몰아쳤다.

캉! 카앙!

카가각, 키잉!

누가 보면 연기가 아니라 정말로 생사투를 벌이고 있기라도 한 것처럼 실감나는 장면이었다.

어디까지나 약속된 합에 따라 이어지는 설계된 액션의 흐름일 뿐이었지만 진심을 담고 있기 때문인지 장성우의 액션이 리허설 때보다 한결 더 거칠었다.

그는 정말로 차기 고려제일검인 연남천이 된 것 같았다.

모두가 숨을 죽인 채 물 흐르듯 이어지는 두 사람의 액션을 지켜보는 가운데 강혁은 희미하게 실소를 머금었다.

'역시 이건가.'

철저하게 약속된 합에 맞추어 움직여가는 가운데에 조금씩이나마 틀어지는 장성우의 움직임을 눈치 챈 것이다.

'실수를 가장한 사고라… 아주 클래식하지.'

아마 상대가 강혁이 아니었다면 무척이나 잘 먹혀들었을 방법이었다.

사고를 가장해 자신의 분도 풀 수 있으며 좀 더 나아가면 이를 이용해 망신을 주고 상대의 입지를 끌어내릴 수도 있을 것이기 때문이다.

특히나 이런 액션 신 중에 크게 부상이라도 당한다면 작게는 액션 연기에 대한 두려움을 심어줄 수 있으며, 더 나아간다면 아예 배역 자체가 뒤바뀌게 될 가능성도 있었다.

나름 스타급에 속하는 배우이자 대형 기획사를 등에 업고 있는 장성우이기에 짜낼 수 있는 계획.

'근데 어쩌냐… 넌 상대를 잘못 골랐어.'

딴에는 의도를 숨김 채 완벽한 타이밍을 노린답시고 움직여가고 있는 모습에서 강혁은 너무나도 뻔하게 장성우가 노리는 시기를 읽어낼 수 있었다.

"흐읍!"

장성우가 급격히 숨을 들이마신다.

본래대로라면 앞으로 진각을 밟으며 검을 휘두르고 강혁은 재빨리 백스텝을 밟아서 아슬아슬하게 가슴께가 스치는 장면이어야 한다.

하지만 장성우는 본래 밟아야 할 위치보다 더 깊숙이 진각을 밟았다.

그리고,

"으아악!

현장의 하늘로 커다란 비명이 울렸다.

"뭐, 뭐야!"

"진짜 맞은 거야!?"

누구도 예상치 못한 사태에 두 사람의 연기에 몰입되던 모두가 화들짝 놀라며 신음을 머금었다. 하지만 대부분은 아직 제대로 상황 파악을 하지 못한 표정이었다.

그도 그럴 것이 본래 물러서며 아슬아슬하게 검을 피해야 할 강혁이 오히려 앞으로 다가서며 검을 내밀고 있었고, 달려들었어야 할 장성우는 바닥에 엉덩방아를 찧으며 쓰러진 상태였기 때문이었다.

"허억… 후우우…."

장성우가 주저앉은 채로 힘겹게 숨을 내쉰다.

그는 지금의 상황이 이해가 가질 않는 표정이었다.

"괜찮아요?"

강혁은 아무런 일도 없었다는 듯이 장성우에게로 다가서며 손을 내밀었다. 멍하게 늘어져 바닥을 향하던 장성우의 시선이 내밀어진 손으로 향했다.

그리고 이내 좀 더 위를 향한 그의 시선이 강혁의 눈동자와 마주쳤다.

'방금… 뭐였지!?'

아무 것도 모른다는 듯한 강혁의 표정에 장성우는 머릿속이 복잡해지는 것을 느끼며 바닥을 짚고 일어섰다. 내밀어진 손을 잡고 일어서기에는 자존심이 허락지 않았던 것이다.

"성우 씨, 괜찮은 거야!?"

"어디 다치거나 한 건 아니지?"

감독과 매니저의 우려 섞인 질문에 장성우는 묵묵히 고개만을 끄덕였다.

그리고는 맞은편의 자리에 선 강혁을 다시 쳐다보지만 여전히 그의 표정에서 읽을 수 있는 것은 없었다.

'암만 쳐다봐도 얻을 건 없을 거다.'

강혁은 들키지 않도록 실소를 머금었다.

굴욕을 머금으면서도 혼란스러워하는 그의 표정을 바라

보며 강혁은 희열과도 같은 기분을 느낄 수 있었기 때문이었다.

장성우가 약속된 합을 어기고 깊숙이 발자국을 밟고 들어선 순간 강혁은 뒤로 물러서는 대신 휘둘러지는 검격의 반대편으로 회전하며 역으로 다가섰다.

절묘하게 자세를 낮추고 칼날을 스치며 시야의 사각으로 들어선 것이다.

장성우는 연습했던 데로 혼신의 힘을 다해 검을 휘둘렀지만 오히려 그 덕분에 시나리오와 달리 다가선 강혁의 움직임을 따라잡지 못했다.

그의 시선에는 눈앞에서 갑자기 강혁이 사라진 것처럼 보였을 터.

그리고 그 사실에 당혹감을 느낀 순간 기겁을 할 수밖에 없었다.

돌연 왼쪽의 시야로부터 시퍼런 검신이 매섭게 날아들었기 때문이었다.

완벽하게 컨트롤 되어진 검격은 장성우의 관자놀이로부터 1센티 정도 떨어진 거리에서 정확히 멈추었지만 장성우는 공포심을 떨쳐내지 못하고 물러서려다 발이 꼬여 엉덩방아를 찍고 말았다.

"그런데 어떻게 된 거야!?"

"음, 워낙 격렬한 신이다 보니 발이 좀 꼬였나 봅니다."

의문을 담은 감독의 질문에 옆에서 지켜보던 무술감독이 적당히 둘러댔다.

무술감독만큼은 방금 전에 벌어진 일이 무엇인지 확실히 알아챈 모양이었지만 그를 굳이 드러내지는 않으려는 모습이었다.

장성우의 탓을 하기에도, 강혁의 탓을 하기에도 애매하다는 것을 알기 때문이다.

'다소 좀 거친 신경전이긴 하다만.'

무술감독은 입을 다물기로 결정했다.

감독이 장성우를 보며 말했다.

"성우 씨, 재개할 수 있겠어요? 방금 전까지 뜬 액션 신 엄청 좋았는데."

"…할 수 있습니다."

장성우가 고개를 끄덕이자 분장팀이 일시에 달려들어 의상에 묻은 먼지를 털어내고 다소 흐트러진 분장들을 되돌린다.

'아주 넋이 나갔구먼.'

강혁은 가만히 서서 그런 모습을 지켜보기만 했다.

마치 귀신이 홀리기라도 한 것처럼 구는 그의 모습을 비웃고 있는 것은 아니었다.

왜냐하면 방금의 것은 단지 시작에 불과했기 때문이었다.

'벌써 그렇게 주저앉으면 곤란하지. 이쪽은 이제 시작했을 뿐인데 말이야.'

어차피 이번 작품을 하고 나면 딱히 볼일이 없을 것 같은 장성우를 상대로 혼신의 힘을 다해 임하고 싶은 마음은 없었지만 어쨌든 그는 강혁에게 직접적인 악의를 표명했다.

기브 앤 테이크.

강혁의 신조와도 마찬가지인 말.

받은 만큼 돌려준다.

이 얼마나 합리적인 방식이란 말인가.

하지만 보복에 한해서 강혁의 계산법은 조금 달랐다.

'은혜는 2배로, 원한은 10배로.'

그것이 강혁의 계산법이었다.

'게다가 저놈은 분명히 뒤끝을 부릴 놈이니까.'

장성우와 같은 인간은 아주 초장에 죽여 놓아야만 했다.

안 그랬다가는 반드시 기어오르게 될 테니까.

"자! 그러면 다시 슛 들어갑니다. 준비해주세요!"

조감독의 외침과 함께 강혁과 장성우는 다시금 검을 맞댄 자세로 섰다.

장성우는 어느 정도 혼란에서 빠져나온 것인지 다시 날카로운 시선을 드러낸 채로 강혁을 향한 적대감을 드러내고 있었다.

이미 자신의 발아래로 헤어 나올 수 없는 수렁이 펼쳐진 상태라는 것을 미처 깨닫지 못한 채로.

"레디~!"

길게 끄는 조감독의 신호에 두 사람이 일제히 긴장한다.

그리고,

"스타트!"

멈추었던 카메라가 돌아가며 촬영이 시작된 순간이었다.

"죽여… 으허억!"

대사와 함께 강혁을 밀쳐내리던 장성우가 돌연 화들짝 놀라며 뒤로 물러섰다.

"NG!"

시작과 동시에 벌어진 사태가 촬영이 멈추었다.

감독이 손을 들며 말했다.

"성우 씨, 왜 그래요?"

"아, 그게… 눈에 순간 뭐가 들어간 것 같습니다."

장성우는 스스로도 어리둥절한 표정을 지으면서도 아무 것도 아니라는 듯 둘러댔다.

"괜찮아요?"

"네. 괜찮습니다. 죄송합니다."

"좋아요. 그럼 바로 재개해도 되죠?"

"네!"

힘을 담은 장성우의 목소리에 감독이 고개를 끄덕이며 다시 촬영팀 전체에게로 신호를 보낸다.

강혁은 다시 장성우와 마주서서 칼날을 맞대고 서며 들키지 않도록 희미한 미소를 머금었다.

오랜만에 해 본 방식이라 잘 통할까 했는데 아주 완벽하게 먹혀들어간 것을 확인했기 때문이다.

강혁이 장성우에게 건 것은 일종의 암시였다.

자신이 공격 받을지도 모른다는 암시.

기세를 통해 압박하는 무협 소설에서나 나올 법한 종류의 이야기는 아니었다.

'일종의 속임수지.'

프로 권투 선수들끼리의 대결에서 근육의 움직임을 이용한 페이크를 거는 것처럼 강혁은 첫 번째 신에서 장성우의 뇌리에 확고한 공포감을 심어주었다.

단순히 몸짓만을 보여주어도 그것을 인식하고 겁을 집어먹을 수밖에 없을 정도로 말이다.

장성우 본인은 좀 전 강혁의 움직임을 인식하지도 못했지만 그런 그의 의식과는 달리 인간의 시각 능력은 생각보다 더 뛰어나서 필요 없는 정보들까지 꽤나 정교하게 읽어들인다.

바로 그 점을 이용해 강혁은 상대로 하여금 실체가 없는 공포를 느끼게 만들 수가 있었다.

실제로는 검을 휘두르지 않지만 처음 검을 뻗었던 것과 정확히 똑같은 근육의 움직임을 드러내면서 적당한 임팩트를 더하는 것만으로도 시각은 멋대로 그 이전의 상황을 떠올리게 되는 것이다.

그것은 일종의 트라우마의 생성과도 비슷한 방식이었다.

'그러니까 내가 그랬잖아. 상대를 잘못 만났다고.'

장성우는 집중하려는 듯 한층 더 긴장한 표정으로 자세를 취하고 있었다.

이제 강혁에 대한 적의는 아무래도 좋다는 듯한 표정.

그 점에 한해서는 프로의 자세라며 존중을 해주어도 좋았지만 안타깝게도 아직 강혁은 만족하지 못했다.

"잘 해보죠. 선배님."

"…그래."

태연하게 응원의 말을 건네며 강혁은 속으로 흥소를 머금었다.

그렇게 다시 촬영이 진행된 순간!

"으아아악!"

강혁은 한층 더 강한 움직임으로 장성우의 공포심을 후벼 팠다.

"NG!"

"NG!"

"NG~ 도대체 왜 그래!?"

순서도 시간도 아무런 소용이 없었다.

강혁은 약속된 합의 어떤 순간에도 암시를 건드릴 수 있는 실력이 있었으니까.

"으음, 아무래도 잠깐 쉬었다가는 게 좋겠네. 성우 씨는 한 10분 정도만 쉬었다 와요."

끝내 중반 이상을 넘어가지 못하고 이어진 NG세례 끝에 감독은 결국 그런 결정을 내렸다.

"죄송합니다."

"처음 컷에서 좀 많이 놀랐나보네."

"끄흠… 죄송합니다."

"괜찮으니까. 잠시 긴장 풀고 쉰 다음에 다 잊어버리고 와요."

잠깐 사이 만에 급격하게 초췌해진 장성우의 안색에 감독은 뭐라 하지 못하고 격려의 말을 건넸다.

하지만 정작 본인은 굴욕에서 헤어 나오지 못하고 있는 표정이었다.

"야, 괜찮냐? 아까 전에 넘어지면서 진짜 어디 다치기도 한 거 아냐!?"

"괜찮아."

"진짜지? 혹시 숨기고 있는 거면……."

"괜찮다고 했잖아!"

끝내 걱정하는 매니저에게로 성질을 낸 장성우가 매니저가 건넨 물병을 받아들고는 신경질적인 걸음으로 대기실을 향했다.

아마 스스로도 납득이 가질 않을 것이었다.

본래 암시란 그런 것이니까.

그 무의식의 공포감을 지워내지 못하는 한 장성우는 영원히 휘둘릴 수밖에는 없었다.

'쯧쯧, 근데 어쩌냐? 아직도 시작일 뿐인데.'

강혁은 여유로운 표정으로 조소를 머금었다.

마치 앞으로의 일정들에 한없는 기대라도 품은 것처럼.

안타깝게도(?) 스토리상 강혁의 강력한 라이벌이자 악역이기도 한 장성우는 이야기의 흐름 내내 강혁과 부딪치게 되는 부분이 꽤나 많았다.

'시간은 많으니까.'

강혁은 그와 마주하는 신마다 어떤 방식으로든 그를 방해해줄 셈이었다.

실패를 거듭하다 스스로를 의심하고 자존감을 잃으며 끝내는 강혁을 마주하는 것에 대해 꺼림칙함을 느끼고 두려움마저 느낄 수 있을 때까지.

젊은 배우들 중에서는 단연코 최고의 연기파 배우라는 타이틀 자체를 불태우는 것이다.

'그리고 그때가 오면?'

다소 부산한 분위기 속에서 모두의 시선이 신경질을 내며 사라진 장성우에게로 향해지는 것을 확인한 강혁은 이내 입 꼬리를 말아 올려 스산한 미소를 머금었다.

'그때도 여전히 시작일 뿐이야.'

상대를 잘못 만나도 완전히 잘못 만나버린 장성우의 시련은 말 그대로 이제 막 시작되었을 뿐이었다.

결국 최호와 연남천의 첫 대결 씬은 완성되지 못했다.

무려 23번이나 되는 NG 끝에 완성된 컷이 나왔지만 오히려 가장 처음의 씬보다도 생동감이 떨어진다는 이유로 감독이 보류를 선언했기 때문이었다.

집요하게 몰아붙이던 강혁도 질려서 13번째쯤에는 압박을 그만두었음에도 그런 결과였다.

나머지 10번의 씬은 오롯이 장성우 스스로가 만들어낸 결과물이라는 뜻.

'좀 심하긴 했나보네.'

저녁이 다가와 결국 보류를 하는 것으로 씬을 마무리 지은 장성우는 새하얗게 질린 얼굴로 곧장 호텔로 복귀했다.

강혁과 채현을 비롯한 몇몇 중견 배우들은 저녁 촬영도 있기 때문에 특별한 스케줄이 없는 한은 예의상이라도 자리를 지켜주는 것이 맞았지만…….

'저래서야 버티는 건 무리지.'

누가 봐도 충격을 받은 듯 심각해 보이는 장성우의 상태에 누구도 그의 행위를 비난하지 못했다.

"레디~ 액션!"

그런 작은 해프닝이 있긴 했지만 남아있는 배우들을 비롯한 영화팀 모두는 여전히 일정을 따라 열심히 촬영에 임했다.

오전 시간 내내 붙잡고 있던 액션 신에서 진이 빠졌던 탓일까.

"하하하~ 좋아요, 좋아! 지금 그림 완전 좋은 데요!?"

감독은 최호와 추적대 간에 벌어지는 1대 다수의 싸움과 물 흐르듯이 이어지는 도주의 긴박감을 단 한번 만에 영상에 담아내고는 만족감을 지워내질 못했다.

그럼에도 더 좋은 신을 위해 다섯 번은 더 촬영이 반복되었지만 오전과는 달리 훈훈한 분위기 속에서 끝을 맺을 수 있었다.

결국 선택된 컷은 가장 처음에 찍었던 신이었다.

그렇게 영화 '달무리' 촬영의 첫날이 저물었다.

며칠이 더 지났다.

달무리 팀은 촬영을 마치고 한국으로 귀환했다.

여러 가지 불상사가 겹치긴 했지만 그래도 무사히 원하는 바의 결과물을 담고서 돌아올 수 있었던 것이다.

갈 때까지만 해도 하늘을 찍고 있던 장성우의 위용은 이제 바닥을 찍다 못해 아예 지하 저 아래까지 꺼진 상태였다.

강혁과 마주하는 신은 액션 신이 아니더라도 말을 버벅거리거나 대사를 실수해대니 평가가 좋아질 수가 없었던 것이다.

누구나 그렇듯 한번 말리기 시작하면 본래 잘하던 것도 실수를 하게 되기 마련이다.

강혁의 만들어 놓은 수렁에서 헤어 나오지 못한 장성우는 이제 별다른 개입이 없어도 계속해서 실수를 해대는 지경에 이르렀다.

일각에는 연남천 역을 바꾸어야 하는 것이 아닌가 하는 이야기까지 오가는 중이라나.

돌아갈 때쯤 되어서 장성우는 허세는커녕 자신감마저 잃어버린 채로 늘어진 모습이었다.

'안타깝군.'

장성우 부진의 원흉이나 다름없는 강혁은 공항에서 보았던 장성우의 모습을 떠올리며 속에도 없는 우려의 말을 머금으며 낮게 웃었다.

'그러게 누가 건드리래?'

제 코가 석자가 되어버린 상황 때문인지 장성우는 채현에게 집적대던 것도 그만두고서 틈만 나면 자신만의 공간에 틀어박혔다.

매니저까지 밀어내고 홀로 앉아 계속해서 대본을 곱씹는 모양이었지만······.

안타깝게도 그것이 실전까지 이어지는 경우는 없었다.

아마 스스로도 미칠 지경일 것이다.

"후아~ 이게 얼마만의 집이야!?"

한국으로 돌아온 강혁은 곧장 집으로 복귀했다.

장성우의 컨디션 문제도 있고 각 배우들의 스케줄 문제도 있었기에 이틀간의 휴가가 주어진 것이다.

물론 강혁이 쉰다고 해서 영화 촬영 자체가 멈추는 것은 아니었으며 주역이 등장하지 않는 다른 씬들을 몰아서 찍는 것이었다.

"역시 집이 좋지?"

"당연하지!"

사실 집이라고 해봤자 임시로 잡아서 기껏해야 일주일 정도 묵었을 뿐인데도 강혁은 익숙한 향취와 안락감을 느끼며 씻지도 않고 방으로 뛰어 들어갔다.

그리고는 널따란 침대 위로 그대로 점프!

출렁~

가구가 아닌 과학이 주는 푹신함이 등허리를 부드럽게 받쳐 올린다.

강혁은 마치 침대 속에 파묻히는 것만 같은 감각을 느끼며 그대로 늘어졌다.

"야야! 아무리 그래도 일단은 좀 씻고 나서 쉬던가 해라 좀!"

"알았어, 알았다니까."

마치 시어머니처럼 잔소리를 해대는 종욱의 말에 볼멘소리를 토하며 고개를 흔드는 강혁이었지만 몸은 처진 채로 움직일 줄을 몰랐다.

'오늘부터 이틀인가.'

강혁은 눈을 감은 채로 생각에 잠겼다.

별다른 스케줄도 없으니 백수나 마찬가지인 신세 아닌가.

'뭐하지?'

가장 먼저 머릿속에 떠오른 것은 역시 게임이었지만, 강혁은 이내 고개를 흔들어 생각을 지웠다. 그래도 오랜만에 한국으로 돌아왔는데 방구석에 틀어박혀서 게임이나 하고 있어야 되겠는가 하는 생각에 들었던 것이다.

그렇다고 해봤자 별다른 할 일이 있는 건 아니지만.

미국으로 쫓겨나기 전까지만 해도 머물렀던 강혁의 주무대가 바로 서울이었다.

돌아다녀봤자 별로 새로울 것도 없다는 뜻이다.

'이러면 다시 게임 쪽으로 기우는데……'

바로 그때 강혁의 핸드폰이 울렸다.

폰을 꺼내어 발신 번호를 확인하니 모르는 번호다.

'누구지?'

강혁은 의구심에 고개를 갸웃하면서도 통화 버튼을 눌렀다.

"여보세요?"

"어… 강혁 씨 폰 맞나요?"

"맞습니다만… 누구시죠?"

폰의 너머로 들려오는 목소리는 조금은 앳되면서도 가느다란 소녀의 것이었다.

"아! 오빠, 저예요. 루나!"

목소리의 주인공은 다름 아닌 루나였다.

강혁의 열혈 팬이자 지금은 같은 소속사의 식구, 그리고 걸그룹의 멤버이기도 한 소녀.

지난번 회식자리를 계기로 그녀와는 꽤나 많이 친해진 상태였다.

"어쩐 일이야?"

"채현 언니랑 같이 오빠도 돌아왔다고 해서 그냥 전화해 봤죠, 이히히."

"근데 혹시 번호 바꿨어? 모르는 번호던데."

"네. 바꿨어요. 또 제 번호가 유출 됐더라고요."

"그런 일이 많나보지?"

"으음… 꽤 자주 일어나죠? 저 뿐만 아니라 어느 정도 인기 있는 걸그룹 애들은 다 비슷할 걸요?"

하긴 요즘 같은 세상에는 개인 정보가 흘러가는 것도 순식간이다. 나름대로 걸그룹의 고충을 또 하나 깨달은 강혁은 재차 물었다.

"근데 무슨 일이야? 왠지 따로 용건이 있는 것 같은데?"

"오올~ 역시 오빠가 촉이 좋네요?"

"뭔데?"

심드렁한 질문에 루나는 잠시 뜸을 들이는가 싶더니 이내 간절한 목소리로 말했다.

"오빠 저희 좀 도와주면 안 돼요?"

"도와달라고?"

"네. 실은 저희가 이번에 마리비에 나가거든요."

"오! 그래?"

마리비는 '마이 리틀 비디오'의 줄임말로써 인터넷 개인 방송을 송출하는 인기 예능 프로그램이었다.

강혁도 간간이 다운받아서 챙겨보는 프로그램 중 하나.

그런데 거기서 뭘 도와달라는 것일까.

"그런데 아직 어떤 콘셉트로 할지 뭘 보여줄지 아무 것도 정해진 게 없어요. 갑자기 스케줄이 잡혔거든요. 근데 아무리 생각해도 뭘 해야 할지 모르겠어요."

다시 생각해도 혼란스러운지 루나는 아예 울 것 같은 목소리였다.

"요즘에 그냥 평범하게 소통 방송 같은 걸 하면 노잼이라고 욕만 먹을 텐데… 다들 그것 때문에 지금 스트레스가 장난이 아니에요!"

"언제 촬영 들어가는데?"

"내일이요."

"엥? 내일?"

확실히 이건 스트레스를 받을 만하다.

갑자기 스케줄이 잡혔다고 하지 않은가.

아무래도 김상욱이 아직 한끝이 부족한 애플트립을 띄우기 위해 나름대로 수를 쓴 것 같은데 그게 조금은 무리수가 된 것 같은 느낌이다.

잠시 생각을 정리하던 강혁이 말했다.

"콘셉트 같은 것도 나온 거 없어?"

"PD님은 그냥 저희 숙소 생활이랑 비글미 같은 거 보여 주면 될 거라는데… 그대로 했다가는 망할 것 같아서 요……."

"확실히 그랬다가는 망하지."

"맞죠? 맞죠!? 아우으~ 어떡하냐구우~!"

루나가 우는 듯한 소리로 징징거렸다.

그래도 됐다가는 아예 바닥을 뒹굴 것 같으니까.

"그럼 이런 콘셉트는 어때?"

"어떤 거요?"

강혁의 제안에 루나가 언제 그랬냐는 듯이 집중하며 귀를 기울여 온다. 그리고 이내 이어진 설명에 루나는 눈을 반짝이며 소리를 내질렀다.

"바로 그거예요! 그럼 오빠도 나와 주시는 거죠?"

"어? 나도 나오라고?"

"오빠가 제안해주신 거니까 오빠도 나와 주셔야죠!"

"아니, 그건 좀 다른 이야기인 게……."

"꼭 나와야 해요!"

그 말을 끝으로 전화는 끝이 났다.

루나가 일방적으로 통화를 끊어버렸기 때문이었다.

"끄응…."

강혁은 신음을 머금었다.

이틀 밖에 없는 휴무 중 하루가 꼼짝없이 날아가게 생겼다.

"그러니까 누워 있다가 자지 말고 좀 씻으란··· 응? 표정이 왜 그러냐?"

종욱이 들어와 잔소리를 하려다말고 눈치를 살핀다.

실소인지 실성인지 모를 미소와 강혁이 말했다.

"형. 나 스케줄 생겼다?"

"응? 스케줄? 무슨 스케줄? 난 아무 연락도 못 받았는데?"

"뭐랄까··· 직거래가 있었어."

"으잉? 그게 뭔 소리여!?"

갈수록 모르겠다는 듯한 표정을 짓는 종욱의 반응에 강혁은 한숨과 함께 사건의 전말을 털어놓았다.

"마리비? 그럼 애플트립 게스트로 나가는 거야?"

"그렇지."

"그거 김상욱 사장도 알고 있어?"

"글쎄? 아마 루나 쪽에서 말하지 않았을까?"

어깨를 으쓱하며 답하는 강혁의 말에 종욱은 쯧 하고 혀를 차는가 싶더니 이내 단정 짓듯 말했다.

"너 아무래도 낚인 것 같다."

"낚였다고?"

"어. 김사장 입장에서는 너 한국에 있는 동안 어떻게든 뽑아먹어야 하니까."

종욱은 루나의 전화 캐스팅이 당연히 김상욱의 작품일 것이라고 생각하고 있었다.

"어떻게 확신하는데?"

되묻는 강혁에게 종욱은 한숨과 함께 답했다.

"나였으면 그랬을 테니까."

"헐… 형 은근 독한 사람이네?"

"당연하지 임마. 그래도 내가 매니저 생활만 15년은 한 사람인데 그 정도 강단이 없을까."

뻐기는 듯한 종욱의 말에 강혁은 뭔가 한보따리 팩트 폭력을 선사해주려고 했지만 이내 포기하고는 그저 가만히 고개를 끄덕였다.

그런 강혁을 보며 종욱이 재차 입을 열었다.

"그런데… 할 수 있겠냐?"

"뭐? 마리비 출연하는 거? 어려울 건 없지."

"그래도 너 휴가잖아. 마리비 촬영은 밤 10시부터 시작인데 다음날 아침부터 바로 또 영화 촬영이잖아. 몇 시간 못 잘 수도 있어."

겁을 주는 종욱의 말에 강혁은 대수롭지 않다는 듯 답했다.

"그거야 상관없어. 알다시피 체력은 자신 있으니까."

"그래. 체력만큼은 괴물이지, 괴물."

"근데 형 생각은 어떤데?"

"마리비 출연하는 거?"

"응."

종욱은 팔짱을 끼며 잠시 골똘히 생각하는 것 같더니 이내 대답을 늘어놓았다.

"난 괜찮다고 봐. 한국에서 너 인지도는 아직 낮은 편이
잖아. 근데 마리비 정도 방송에 나가서 얼굴 도장 찍을 수
있으면 남는 장사지. 게다가 애플트립 애들 방송 콘셉트도
네가 정했다면서?"

"뭐… 그렇지."

"그럼 한번 제대로 해봐. 이번 기회에 한국에도 네 얼굴
한번 각인시켜보라고."

"겸사겸사 영화 홍보도 할 겸?"

"그렇지!"

종욱이 대견하다는 듯 쾌재를 내지른다.

강혁은 잠시 생각에 잠기다가 이내 입을 열었다.

"그럼… 해볼까?"

어느새 그의 입가로 미소가 맴돌고 있었다.

대수롭지 않게 입 밖에 내었던 기획은 강혁에게 있어서
도 썩 나쁜 이야기가 아니었기 때문이었다.

한편 마이 리틀 비디오의 방송 팀으로는 새로운 소식이
전해지고 있었다.

"네? 강혁이요? 그 데드문의?"

"뭐야! 무슨 일인데!?"

느긋하게 전화를 받다말고 돌연 자리를 박차고 일어서며 흥분하는 실험쥐PD의 모습에 모처럼 만의 티타임을 즐기고 있던 먹성PD마저 긴장해 종이컵을 내려 놓았다.

"네, 네. 게스트로요. 콘셉트는… 예? 정말입니까?"

"왜? 무슨 일인데?"

먹성PD는 궁금해 죽겠다는 표정으로 실험쥐PD의 주위를 기웃거렸다.

동갑내기이자 동기이기도 한 동료의 재롱(?)을 깡그리 묵살해버린 실험쥐PD는 계속해서 전화에 집중하는 듯하다가 이내 살가운 인사와 함께 전화를 끊었다.

"뭔데? 빨리 말 좀 해봐~!"

"흐흐흐…."

재촉에도 실험쥐PD는 그저 웃어 보일 뿐이었다.

먹성PD는 답답함을 참지 못하고 계속해서 친우의 어깨를 붙잡고 흔들어 댔다.

그런 식으로 1분은 지나서야.

"나 이번 방송 대박 날지도 모르겠다."

마침내 실험쥐PD의 입이 열렸다.

먹성PD가 고개를 갸웃하며 물었다.

"응? 너 이번에 걸그룹 맡은 거 아녔어? 애플트립… 맞지?"

"응. 맞지. 근데 이번에 좀 대박 게스트가 따라붙게 됐거든."

"게스트? 누구 길래 대박이래? 아까 언뜻 듣자하니 강혁이라는 이름이 나온 것 같던데… 설마 내가 아는 그 강혁이냐?"

"흐흐흐, 바로 맞췄다!"

"으아아~ 이 운 좋은 놈! 나랑 바꾸자!"

의기양양하게 답하는 실험쥐PD의 말에 먹성PD가 괴성을 내질렀다.

그도 그럴 것이 다수의 PD가 존재하는 마리비의 방송은 전체 시청률 외에도 인터넷상에서 집계되는 각 방송들의 인기도와 화제성을 함께 집계하기 때문이었다.

화제도와 인기도가 높아 시청률에 크게 득을 끼친 PD는 그에 따른 포상을 받기로 되어 있었다.

"아~ 왜 너한테 가냐고! 정작 팬은 나인데!"

"이게 다 평상시 공덕을 쌓고 다닌 덕분이지."

"웃기고 자빠졌네."

"어허~ 그래봤자 대박은 이 몸에게 있소이다!"

그렇게 두 사람이 아웅다웅하는 사이.

강혁은 정식으로 연락을 하고 애플트립의 숙소로 찾아가 방송 콘셉트에 대한 계획을 꾸리고 있었다.

톱스타의 킬링필드

hell is coming

chapter 6. 게임을 시작하지

Hell is coming

chapter 6. 게임을 시작하지

다사다난한 하루가 지나고 날이 밝았다.

하지만 강혁을 비롯한 애플트립 멤버들은 여전히 꿈나라에서 헤어 나오질 못하고 있었다.

지난밤의 특훈에 모두들 지쳐버린 탓이리라.

그만큼이나 모두 이번 마리비 방송에 거는 기대가 컸다.

"끄응… 벌써 2시냐……."

가장 먼저 눈을 뜬 것은 역시 강혁이었다.

강혁은 멍한 상태로 앉아 주변을 둘러보았다.

"전멸이군."

특훈을 위해서 빌린 세트장의 주변으로 다들 소파나 쿠션 따위에 기대서 담요를 덮고 잠들어 있는 모습이 보인다.

오전 7시까지는 깨어있었으니 당연한 결과다.

강혁은 하품을 하며 일어나 세트장 한 편에 위치한 냉장고를 열고 콜라를 꺼내어 마셨다.

"후우… 좋네."

따끔거리면서도 시원하게 목구멍을 훑어 내리는 듯한 이 느낌은 언제 마셔도 중독적이었다.

약간이나마 남아있던 잠기운을 완전히 털어 내주는 느낌이기도 하고.

그대로 의자에 앉은 강혁은 다시금 세트장을 둘러보았다.

애플트립의 숙소를 이용해 만들어낸 장소.

'이만하면 괜찮네.'

"시간도 충분할 것 같고."

강혁은 고개를 끄덕거렸다.

이번 세트장은 오롯이 라온 엔터 자체의 힘만으로 꾸민 것이었다. 딱히 연습 및 리허설에 필요한 수준으로 실속만을 챙긴 것이다.

원하는 분위기의 생성을 위한 나머지 세팅은 마이 리틀 비디오 팀에 부탁할 셈이었다.

'뭔가 어째 애플트립 애들보다 내가 주체가 된 것 같은 느낌이다만… 이건 나에게도 기회이긴 하니까.'

기왕에 하기로 한 이상 대충 할 마음은 없었다.

맞은편 자리에 비치는 모니터의 시커먼 액정 화면을 보며 강혁은 전날의 기억들을 곱씹었다.

그리고 이내,

"나쁘지 않네."

본방에 대한 계획으로 집중해가기 시작했다.

드디어 녹화시간이 다가왔다.

애플트립 멤버는 오프닝을 위해 방송국에 가 있는 상태.

이제 조금 있으면 멤버들이 돌아오고 오후 10시 정각을 기점으로 방송을 하게 될 것이다.

"딱 좋네."

컴퓨터와 놀이형 거실이라는 느낌으로만 더해졌던 세트장은 이제 다소 어두침침하면서도 을씨년스러운 느낌의 형태로 바뀐 상태였다.

깔끔하고 아기자기한 느낌마저 주던 거실이 마치 어딘가의 버려진 폐가와도 같은 모습으로 탈바꿈한 것이다.

이게 다 오늘 방송의 콘셉트 때문이었다.

왜냐하면 오늘 방송은…….

'공포 게임이니까.'

납량특집을 하기엔 아직 이르지만 공포라는 타이틀은 사실 언제든 먹혀들어가는 카드 중에 하나였다.

특히나 그 공포를 겪는 대상이 귀엽거나 섹시한 느낌을

지닌 걸그룹이라면 그 주목도는 훨씬 더 커질 것이 아닌가.

처음 루나에게 던지듯이 계획을 말했을 때는 그저 애플트립 멤버가 이것저것 게임을 해보이면서 시청자들과 소통하는 식의 방송이었다.

하지만 기껏해야 폰 게임 정도 밖에는 경험이 없는 그녀들이 게임을 해봤자 얼마나 잘 하겠는가.

원래 게임 방송은 잘 하든 못 하든 그만의 재미가 있는 법이지만 그 역시도 기본적인 수준은 해줘야만 한다는 기준이 존재했다.

때문에 강혁은 그 부분을 보완할 무언가로 공포 게임을 선택했다.

미숙한 이들이 미지의 것에 대해 탐험하고 그로 인해 놀라는 것만으로도 충분한 콘텐츠가 될 수 있기 때문이다.

"잘 될까요?"

"글쎄요. 확답을 드릴 수는 없겠네요."

애플트립 멤버들이 복귀하기만을 기다리고 있자 방송에 들어가기 위한 모든 준비를 마친 실험쥐PD가 슬그머니 다가와 말을 걸어온다.

강혁은 고개를 까닥이며 말을 이었다.

"그래도 성과는 있지 않을까요? 이렇게까지 준비를 했으니까요."

말과 함께 강혁은 손을 들어 거실 전체를 훑었다.

실험쥐PD의 시선이 손끝을 따라 이동한다.

"……."

어두컴컴한 방안에 홀로 불이 들어와 있는 컴퓨터를 제외하면 어딜 봐도 버려진 지하실 정도의 느낌이 드는 광경이다.

그것은 을씨년스럽고 갑갑한 분위기였다.

마치 어딘가의 공포 영화에서 본 적이 있는 것처럼.

"확실히 분위기만은 최고네요."

실험쥐PD의 시선이 다시 강혁에게로 향했다.

분위기에 맞추어 특별 분장을 마친 강혁에게로 말이다.

현재 강혁은 콘텐츠의 일부가 되기 위해 특별한 역할을 맡은 상태였다.

게임을 진행해주는 마스터이자 이 음습하고도 으스스한 공간의 주인으로써 애플트립 멤버들에게 게임을 강요하고 그를 통한 아찔함을 선사하는 역할인 것이다.

'게임을 시작하지.'

과거 명작 스릴러 영화중의 하나인 '쏘우'의 명대사 중 하나인 말이다.

강혁은 바로 이 쏘우의 역할을 맡을 생각이었다.

'매력적인 역할이지.'

애플트립 멤버들이 이번 방송을 단지 일이나 놀이 정도로 받아들이지 않고 현실이나 혹은 그보다 더한 두려움 정도로 모든 사실을 인식할 수 있도록 조율하는 것이다.

그렇게 상황 속에 녹아들어간 그녀들을 통해 방송을 보는 모든 이들도 함께 녹아들 수 있도록 말이다.

"거의 다 도착했대요."

"그래? 그럼 준비 들어갑시다. 다들 연결 체크해요."

"네!"

연락을 받고 전해준 스태프의 말에 실험쥐PD가 적극적으로 나서며 마지막으로 모든 것들을 체크한다.

폰을 꺼내어 시간을 보니 오후 9시 50분이다.

생방송까지 불과 10분밖에 남지 않은 상태.

"저희 왔어요!"

"안 늦었죠?"

잠시 기다리자 애플트립 멤버들이 한 덩이가 되어서 헐레벌떡 뛰어 들어왔다.

시간은 불과 5분 정도만을 남긴 상태였다.

강혁은 그녀들에게로 다가서며 곧바로 말을 이었다.

"다들 준비해. 곧 본방이니까."

"넵!"

다들 대답이 시원시원하다.

아마도 어젯밤의 특훈 때문이리라.

지시가 떨어지기 무섭게 일사분란하게 자신의 자리를 찾아가는 애플트립 멤버들의 모습을 확인한 강혁은 흐뭇한 미소를 머금으며 다시 시간을 확인했다.

"1분 남았습니다. 10초부터 카운트 들어갈게요."

이제 시간은 불과 1분만을 남긴 상태였다.

코앞까지 다가온 현실감에 모두들 긴장한 표정을 짓는다.

하지만 강혁은 오히려 입매를 비틀어 스산한 미소를 지어보였다.

'이제부터 나는 게임마스터 엑스니까.'

1분 뒤부터 눈앞의 소녀들은 이제 같은 소속사의 귀여운 동생들이 아니라 농락하고 절망에 빠뜨려야 하는 희생물들일 뿐이었다.

"카운트 갑니다. 10, 9, 8, 7……."

시간이 다가들자 진행 스텝이 또렷한 목소리로 카운트를 외친다. 5초부터는 소리를 죽인 채 손가락만을 접어가면서 타이밍을 전하는 것이다.

그리고 마침내 손가락이 모두 접혀졌을 때.

〈게임을 시작하지, 애플트립〉

이라는 제목의 방송 채널이 온라인상에 개설되었다.

그와 동시에 강혁은 소용돌이가 돌아가고 있는 모양의 가면을 뒤집어썼다.

띠링! 띠링! 띠링!

연달아 시청자들이 들어오는 가운데 강혁은 조용히 어둠 속으로 녹아들었다.

❖

"음? 이게 뭐야?"

평범한 대학생인 최만호는 이른바 걸그룹 오덕이었다.

누구나 다 이름을 알고 있을 법한 인기 걸그룹부터 막 데뷔한 신인에 이르기까지 영역을 뻗고 그를 알리기 위해 노력하는 이른바 혼모노(진짜) 오덕인 것이다.

때문에 오늘도 과제가 밀려있음에도 불구하고 부랴부랴 인터넷을 켰다.

나름 눈여겨보고 있던 걸그룹 중 하나인 애플트립이 오늘 마이 리틀 비디오 방송을 한다는 소식을 접했기 때문이다.

하지만,

방송에 들어온 최만호는 당혹감을 금할 길이 없었다.

'게임? 근데 저 방은 분위기가 뭐 저리 으스스하냐.'

화사하고 아기자기한 느낌의 방송을 예상했던 그의 생각과는 전혀 반대로 긴장된 표정의 소녀들이 화면의 너머로 비추어지고 있었던 것이다.

더군다나 그녀들은 방송이 시작되었음에도 아무런 말도 잇지 않고 있었다.

마치 누군가에게 억제되고 있기라도 한 것처럼.

'뭐냐고!'

최만호는 고개를 갸웃대며 즉각 키보드를 두들겼다.

[루나사랑해]: 혹시 이거 방송 사고예요? 뭐라고 말이라도 좀 해봐요.

채팅창에는 온통 비슷한 내용의 글들이 가득했다.

대부분은 아이디만 봐도 애플트립의 팬처럼 보이는 이들이 당황한 기색이 역력한 채팅들이었다.

그러나,

모두의 성황에도 소녀들은 여전히 대답이 없었다.

'뭐라고 말이라도 해보라고! 아니면 진짜 방송 사고냐 이거!?'

방송개시 10초 동안 아무런 말도 하지 않는 소녀들의 모습에 결국 답답함을 느낀 최만호는 한숨을 내쉬며 다시 키보드 위로 손을 올려놓았다.

그리고는 무슨 말을 할지 고르고 있을 때였다.

치지직-

"!?"

화면이 돌연 치직거리는 노이즈와 함께 흔들리기 시작했다.

다른 생각을 하던 중에 생겨난 변화라 무심코 집중할 수밖에는 없는 상황.

"…어?"

노이즈에 맞추어 심하게 흔들리던 화면이 다시 정상으로 돌아왔을 때 최만호는 저도 모르게 신음을 머금고 말았다.

"저거…."

기다란 소파로 주루룩 앉은 애플트립 멤버들의 뒤로 그림자처럼 생겨난 괴한의 모습이 비추어지고 있었기 때문이었다.

최만호는 재빨리 키보드를 두들겼다.

[루나사랑해]: 뒤에 뭐예요!?

[프로팟수]: 헐… 지린다. 뭐냐?

[황금가지]: 설마 귀신? ㄷㄷㄷ

다들 놀란 것 같은 반응이다. 단순히 방송의 콘셉트 중 하나로 생각하고 넘어가기에는 화면 너머에 비추어진 소용돌이 가면 괴한의 모습이 너무나도 섬뜩해보였기 때문이었다.

바로 그때.

[다들 잘 찾아온 것 같군.]

돌연 나지막한 목소리가 흘러나왔다.

무언가에 억눌린 듯 갇혀있으면서도 묘하게 힘이 실려있는 듯한 목소리.

[운명을 건 게임의 순간에 찾아온 것을 축하한다.]

목소리의 주인공은 다름 아닌 소용돌이 가면 괴한이었다.

괴한은 마치 희극배우처럼 양팔을 좌우로 천천히 벌리며 말을 이었다.

[게임이라고 하니 아직 감이 잘 오질 않을 거야. 하지만

한 가지는 기억해줬으면 좋겠군. 이건 결코 장난 같은 게 아니라는 사실을 말이야.]

경고의 말로써 이야기를 시작한 괴한은 이내 손끝을 내밀어 정면을 가리켰다. 화면은 자연스럽게 괴한이 손끝이 가리키는 방향으로 옮겨갔다.

화면에는 이제 대형TV 화면으로 연결된 컴퓨터의 배경 화면이 비추어져 보이고 있었다.

흑백의 바탕에 섬뜩한 폰트의 글씨체로 쓰여진 게임의 메인메뉴 화면을 띄운 채로 멈추어 있는 화면을 말이다.

'저건…?'

화면에는 분명 〈루시드 드림〉이라는 글씨가 적혀 있었다.

해석하면 자각몽이 되는 뜻의 단어.

"…무슨 게임이지?"

게임이라고 하면 기껏해야 소수 FPS장르 밖에는 모르는 최만호는 고개를 갸웃하며 화면에 집중했다.

기다렸다는 듯 괴한의 목소리가 다시 이어졌다.

[보이는 것이 바로 증명의 도구다. 이 소녀들은 바로 이 게임을 통해서 자기 자신의 가치를 증명해야만 하지. 왜냐고? 그것이 바로 내가 정한 룰이니까.]

일방적이고 파괴적이기까지 한 괴한의 말에 채팅창은 온통 혼란에 휩싸여 있었다. 드물게는 욕까지 섞어가며 쏘아대는 글들도 있었지만 괴한은 아랑곳하지 않고서 말을 이었다.

[멤버들 각자에게는 내가 미리 정해둔 미션이 있지. 바로 저 게임과 관련된 미션이다. 즉, 게임을 통해 증명을 해야만 한다는 뜻이지.]

묘하게 끌려드는 말의 무게에 최만호는 저도 모르게 채팅을 쳤다.

[루나사랑해]: 만약에 그 미션이란 걸 실패하거나 포기하게 되면 어떻게 되는 거죠?

바로 그때 괴한의 시선이 화면의 중심으로 향했다.

마치 그를 들여다보기라도 하는 것처럼.

그리고…….

"헉!"

마치 괴한이 히죽 웃기라도 한 것 같은 느낌에 최만호는 신음을 머금었다.

그런 최만호를 비웃기라도 하듯 괴한이 재차 입을 열었다.

[실패하거나 포기한다면? 모두 대가를 치르게 될 거야. 어떤 방식으로든 말이지.]

끝까지 으스스하고 기분 나쁜 느낌의 대사였다.

하지만 그에 대한 불만을 표할 틈도 없이 최만호를 비롯한 시청자 모두는 또 한 번의 긴장감에 휩싸여야 했다.

치지직-

노이즈와 함께 화면이 다시금 흔들리고.

"언니 어떡해?"

"무, 무서워…"

"게임을 해야만 해……."

여지껏 인형처럼 가만히 앉아있기만 했던 애플트립 멤버들이 최면에서 깨어나기라도 한 것처럼 일제히 움직이며 발언하기 시작했던 것이다.

마치 정말로 절체절명의 위기에 처하기라도 한 것 같은 모습들이었다.

그리고,

어느새 사라진 괴한의 모습과 같이 희미하면서도 또렷한 소리가 모두의 귓가로 울렸다.

[그럼, 게임을 시작하지.]

❖

'좋아. 분위기 괜찮네.'

어둠을 틈타 카메라의 사각으로 완전히 시야에서 벗어난 강혁은 방송 화면의 우측 상단에 실시간으로 떠오르는 채팅들을 보며 회심의 미소를 머금었다.

생각한 것 이상의 폭발적인 반응이 일고 있었기 때문이었다.

'은근히 연기에 재능들이 있을지도?'

강혁이 앞서서 분위기를 만들어 놓은 탓인지 애플트립 멤버들은 연습할 때보다 훨씬 더 자신의 맡은 바의 역할들을 충실히 연기해주고 있었다.

무엇인지 모를 공포에 압박받고 있는 희생자들이라는 역할들에 말 그대로 몰두하고 있었던 것이다.

그리고 그것은 시청자들이 마치 게임을 직접 하고 있는 듯한 느낌을 갖게 했으며, 그들의 강렬한 몰입을 이끌어내고 있었다.

"여러분 저희 게임을 시작할게요. 부디 행운을 빌어주세요."

"무섭지만 힘내볼게요."

다분히 겁에 질린 목소리와 함께 리더인 제이현이 먼저 앞으로 나섰다. 그리고 이내 떨리는 손이 테이블 위에 VR 고글 중 하나를 집어 든다.

VR고글의 숫자는 총 7개.

애플트립 멤버들의 머릿수와 같았다.

"으… 사실 나 이런 거 진짜 질색인데……."

"나도 무서운 건 질색이라고……."

애플트립에서 랩과 비주얼을 담당하는 아랑과 민아가 울상을 지으며 자신의 앞에 놓인 고글을 집어 든다.

그 뒤를 이어 나머지 멤버들 역시도 하나 둘씩 고글을 집어 들기 시작했다.

"다들 준비됐지?"

"응…."

"한꺼번에 들어가자."

"알았어."

"오케이."

긴장된 표정으로 서로를 살피던 애플트립 멤버들이 크게 심호흡을 하는가 싶더니 이내 고글을 뒤집어쓰기 시작했다. 본격적인 게임의 세계로 돌입하기 위한 모든 준비를 갖춘 것이다.

그러는 사이 게임 진행을 위한 모든 준비를 갖추고 있던 진행팀은 솜씨 좋게 카메라를 게임 화면으로 비추었다.

그리고 딸칵! 하는 소리와 함께 스타트 버튼이 눌러진 순간 게임 루시드 드림의 오프닝 영상이 자연스러운 흐름으로 이어지기 시작했다.

음습한 방안에서 깨어나는 사람.

그 사람의 시야로 비추어지는 광경.

그리고 심장을 졸이는 음향효과와 함께 어두운 복도에서 마주치는 그림자들의 모습이 이어진다.

[빅태클맨]: 야, 이거 뭔 게임이냐? VR게임인가 본데!? 아는 사람?

[아랑배꼽]: 뭔지는 모르겠지만 분위기는 진짜 쩌네요. 오늘 밤에 엄마 방에서 자야할 듯.

[잭스하고싶다]: 쪽팔리게 엄마 방이 뭐냐? 남자라면 기저귀로 버텨라!

[촉새웨건]: 루시드 드림은 발매된 지 얼마 안 된 최신 VR게임이며 최대 8명이 플레이 할 수 있는 공포 어드벤처 게임입니다.

오프닝이 이어지는 동안 채팅창에는 게임에 대한 궁금증을 묻는 글들이 폭발적으로 리젠되고 있었다.

간간히 정보를 알려주는 이들도 있었지만 워낙에 스크롤이 올라가는 속도가 빠른 탓에 계속해서 같은 질문들이 나오고 있는 상태.

"대박인데요?"

"그렇죠?"

반응을 보며 속삭이는 실험쥐PD의 말에 강혁이 고개를 끄덕여주었다.

그리고 강혁은 VR고글을 쓴 채로 본격적인 게임에 들어가기 위해 기다리고 있는 애플트립의 멤버들을 보며 회심의 미소를 머금었다.

손에는 자신의 VR고글을 든 채로 말이다.

누군가의 설명 글에도 있었다시피 '루시드 드림(자각몽)' 은 꿈의 세계에 대해 다룬 게임이었다.

다만 누구나 의미 없이 꾸고 난 다음날이면 잊어버리고는 하는 그런 류의 꿈이 아니라 현실감이 느껴질 만큼 생생하면서도 두려움이 느껴지는 악몽에 관한 게임인 것이다.

공포 게임 계에서 나름 일가견이 있는 그 '바브' 사의 신작이었으며, 장기간의 개발기간을 거친 게이머들의 기대작 중 하나이기도 했다.

루시드 드림은 최대 8인이 꿈 속에서 구성된 특정 공간을 헤매며 협동하여 이끌어 나가는 공포 어드벤처 게임이었는데, 타 게임들과는 다른 특이점이 한 가지 있었다.

그것은 바로 멤버들 속에 악마가 숨어있다는 점이었다.

우선 게임이 시작되면 8명의 게이머는 랜덤하게 설정된 등장인물들로 배치된다.

각자 떨어진 위치에서 시작하게 되며 자신이 맡게 된 캐릭터의 설정과 달성해야 하는 임무 등이 주어지게 되는 것이다.

그렇게 게이머들은 각자의 역할과 목적에 맞추어 맵을 탐험하며 다른 게이머들과 만나게 되는데 그들과 협력을 할지 말지는 오롯이 본인의 선택이었다.

즉, 이 게임의 본제는 그런 것이다.

[과연 타인을 믿을 수 있는가?]

게이머들 중 반드시 한명은 악마이며, 모두는 그 사실을 알고 게임을 시작한다.

문제는 죽지 않고 꿈에서 탈출하기 위해서는 병원, 저택, 하수도, 숲 속, 캠프장 등등 다양한 맵들을 돌며 악마의 상징물을 찾아 파괴해야 한다는 점이었는데, 거기에는 서로를 믿을 수 없게 만드는 또 하나의 장치가 있었다.

예를 들자면 이런 식이었다.

A와 B가 함께 동행하여 탐색을 하다 B가 상징물을 발견했다. A는 파괴하자고 했지만 B는 그것을 거부하며 A와 떨어지게 되었다.

어째서 이런 일이 벌어지게 되는 걸까?

거기에는 각자의 이기심에 큰 원인이 있었다.

-상징물을 제거하기 위해서는 최소 두 명의 인원이 필요하다. 그리고 제거를 시도한 대상자들 중 한 명은 영혼의 절반이 소모된다.

-당연히 영혼을 모두 소모하면 죽게 된다.

이것이 게임의 룰이었다.

맵에 있는 상징물들의 개수는 총 6개니까 잘만 활용한다면 누구도 죽지 않고 다 살아서 탈출할 수 있었지만, 그런 점에서 상대를 믿을 수가 없는 것이다.

시도한 사람 중 누구의 영혼이 사라질지는 오로지 운의 영역이니까 말이다.

게다가 만약 상대가 악마일 경우, 처음 패널티를 안고 시작하는 악마에게 하나 둘씩 능력을 사용할 수 있도록 만들어주게 된다.

덕분에 사람들은 더욱더 조심스러워질 수밖에 없고 각자의 정보를 노출하려 들지 않는다.

왜냐하면 모두는 처음 시작과 동시에 받게 되는 일종의 미션 같은 것들이 있었으며, 그것을 완료해야지만 게임에서 완전한 승리를 거둘 수 있기 때문이었다.

미션은 특정 물건을 습득하라, 숨겨진 장소를 발견하라, 혹은 특정 인물을 희생시켜라 등 다양한데 바로 이점 때문에 스스로의 정보를 함부로 드러내는 것은 금물이었다.

손쉽게 정보를 드러내는 순간 해당하는 미션을 지닌 누군가에게는 타겟이 될 수도 있기 때문이다.

그러니까 게이머들은 철저하게 자신의 정보를 가리고 기본적인 정보들만을 이용하여 서로를 의심하고 또한 협력하며 꿈에서 탈출해야만 한다.

언뜻 쉽게 생각하면 처음부터 누군가가 분위기를 만들어서 다 터놓고 이야기하기만 하면 의외로 쉽게 해결할 수 있는 것이 아닌가하고 생각할 수도 있었지만…….

'그리 쉬운 문제는 아니지.'

탈출의 방법에는 악마를 적대시하는 방향만이 있는 게 아니었다.

처음부터 혹은 단서를 얻어가며 악마에 대해 알아차린 사람이 악마와 작당하여 모두를 배신할 수도 있었으며, 반대로 악마 쪽에서 접촉하여 추종자를 포섭할 수도 있었다.

'복잡하지.'

게이머들은 모두를 의심하며 또 모두를 믿어야만 한다.

여기까지만 들으면 그냥 마피아 게임류의 심리 추리물에 더 가까워 보이지만…….

게이머들은 자신들의 사이에 악마라는 존재가 숨어있다는 점을 절대로 잊어서는 안 된다.

무려 악마가 함께 하는 것이다.

언제 음습한 악의가 고개를 들지 모르는 것이다.

'악마와 단 둘이 되면 쥐도 새도 모르게 죽게 될 수도 있지.'

그렇다면 혼자 움직이면 되는 걸까?

하지만 그 역시도 무리는 있었다.

우선 맵들은 어느 곳이 걸리던 하나같이 음습하며 어두컴컴했으며, 곳곳에 함정이나 공포를 자극하기 위한 깜짝 이벤트들이 숨겨져 있었다.

심리적인 공포 때문에라도 홀로 움직이기는 무리가 있는 것이다.

패널티는 그 뿐만이 아니었다.

상징물을 파괴하는데 최소 2명이 필요하다는 점 때문에 모두는 싫어도 최소한 2인 1조로 행동할 수밖에 없었다.

근데 여기에서 또 한 가지 패널티가 더 주어지는 것이다.

그것은 바로 3명 이상의 사람은 3분 이상 붙어있어서는 안 된다는 점이었다.

즉, 지나며 마주치거나 의견교환을 위해 잠깐 모이는 정도는 괜찮지만 다수의 인원이 계속 함께할 수는 없는 것이다.

철저하게 2인 1조의 움직임을 할 수밖에 없도록 만들어진 게임의 룰이었다.

'악마를 플레이하는 유저에게 지나치게 유리한 것이 아닌가 싶기도 하지만……'

따지고 보면 꼭 그런 것도 아니었다.

몇 명이 되었든 생존자가 탈출하게 되면 악마는 그만큼의 점수가 감소되기 때문이다.

악마는 정해진 기본 점수가 있으며, 거기에서 생존자의 숫자에 따라 점수가 차등 지급되는 방식이었다.

만약 플레이어들을 추종자로 삼거나 혹은 죽임으로 인해서 이른바 올 킬을 하게 된다면 기본 점수의 2배인 대량 득점을 할 수가 있게 되지만, 만약 모두가 살아나간다면 거의 0점에 가까운 형편없는 점수만을 받게 되는 것이다.

이 점수는 랭크와 관련된 기준이기도 하며, 아이템을 사거나 스킬을 배우는 용도로 쓸 수도 있기 때문에 상당히 중요한 부분이었다.

참고로 생존자들의 경우에는 주어진 미션을 달성하거나, 악마의 상징물을 파괴하거나, 추종자가 되어 타인의 죽음에 가담하거나, 탈출에 성공한다거나 등등 다양한 행동 하나하나가 점수를 얻는 방식이었는데, 일반적으로 희생자들 쪽이 점수를 얻기가 조금 더 쉽도록 되어 있었다.

'결국에는 선택의 문제라는 것이지.'

실제로 북미에서 이 게임은 빠르게 인기를 늘려가고

있었는데, 악마와 희생자의 플레이어 비율이 딱 1:7의 반반 비율이 나타날 정도로 밸런스가 잘 잡힌 편이었다.

'그리고 오늘은 내가 그 악마고 말이야.'

강혁은 오늘의 게임에서 악마로 참전할 예정이었다.

그리고 정체를 숨긴 채 애플트립 멤버들을 혼란에 빠뜨리고 이간질을 시켜가며 그녀들 모두를 망가뜨릴 것이었다.

강혁이 고글을 쓰고서 미리 만들어진 방에 접속을 하자 비로소 게임의 스타트 버튼에 불이 들어오며 카운트가 시작되었다.

타이밍은 딱 오프닝 영상이 끝나가고 있는 순간.

고글을 쓰며 각진 나무 의자에 착석하는 강혁의 모습을 본 실험쥐PD가 곧장 게임을 진행시킨다.

그리고 때마침 끝을 맺은 오프닝 영상의 뒤를 이어 접속 중인 강혁과 애플트립 멤버들의 게임 화면을 비추었다.

〈〈Loding……〉〉

게이머라면 친숙할 수밖에 없는 글귀.

그와 함께 은근한 공포를 자극하는 BGM이 흐르고 있었다.

[루나사랑해]: 드디어 뭔가 시작되는 건가?

[갑오징어]: 와… 난 벌써 쫄린다.

[호러퀸]: 이 게임 완전 내 취향인 듯? 나도 사야겠다…….

[판다독]: 오프닝만 봐서는 방 탈출 게임인 것 같은데⋯ 진짜 분위기 하나만큼은 레알 공포영화 뺨치네요.

모두가 기대감을 품고 화면에 집중하고 있었다.

그렇게 모두의 기대가 쌓여가는 순간.

"흐어억!"

누군가의 신음과 함께 게임이 시작되었다.

시작은 누군가가 잠에서 깨어나면서부터였다.

오프닝의 첫 부분과 정확히 닮아있는 장면.

"아⋯."

화면에 잡히고 있는 플레이어의 모습은 다름 아닌 애플트립의 리더 제이현이었다.

하지만 누구도 그녀가 제이현이라는 것을 알 수가 없다.

그녀는 지금 '마리' 라는 이름의 백인 여성의 몸으로 깃든 상태이기 때문이었다.

[다롤트]: 오호⋯ 이런 식이구나? 심리 싸움 잘해야 할 듯?

[라치]: 우리나라는 백퍼 다 배신 때릴 듯 ㅋㅋㅋ

[돈크라이]: 나 혼자 산다!

게임의 시작과 동시에 화면에는 해당 캐릭터의 정보와 더불어 게임의 룰에 대한 간단한 설명들이 떠올랐다.

게임을 경험해보지 못한 시청자들도 자연스럽게 알아갈 수 있도록 도움말 모드를 활성화해두었기 때문이었다.

❖

"하필이면 여자애의 몸인가."

좁은 방안에서 깨어난 강혁은 곧장 근처의 거울을 들어 스스로의 상태를 확인하고는 한숨을 내쉬었다.

생성되는 캐릭터는 어차피 랜덤이니만큼 남자가 될 수도 여자가 될 수도 노인이 될 수도 아이가 될 수도 있었지만 아무래도 어린 소녀가 갖는 이미지는 연기하기엔 괴리감이 좀 크다.

〈캐릭터 정보〉
이름: 베아트리체(15세)
상태: 악마가 깃들어 있다.
특성: 어둠친화, 처연함
악마의 힘: 제물, 현혹

이것이 강혁이 맡게 된 캐릭터의 정보였다.

본래라면 어둠친화를 통해 어두운 지역에서도 좀 더 밝은 시야로 움직일 수 있으며, 처연함 특성을 통해서 악마의 상징물을 제거할 때에 자신의 영혼이 손실될 가능성을 줄이는 방식으로 생존해가는 캐릭터였다.

하지만 악마로 지목된 이상은 모두를 속여야만 하는 심연 속의 존재일 뿐이었다.

'특성은 그래도 나쁘진 않을지도.'

본래 캐릭터가 지닌 특성은 악마의 힘과 합쳐질 때에 시너지가 발생하는 경우도 있었지만 가끔은 전혀 따로 노는 경우도 있었다.

하지만 이 캐릭터의 경우에는 처연함 특성이 [악마의 힘: 현혹]의 성공 확률을 10% 더 높여주도록 되어 있었다.

제물과 현혹은 악마가 기본적으로 지니게 되는 스킬들이었는데, 제물의 경우는 단 둘이 되었을 때에 상대를 속박하여 죽이는 기술이었으며, 현혹의 경우는 플레이어를 아군으로 회유하는 기술이었다.

어차피 각자의 캐릭터를 조종하는 것은 플레이어들인데 어째서 확률 같은 것이 존재 하냐고 묻는다면 이 스킬에는 강제성이 있기 때문이었다.

본인의 의사와 무관하더라도 현혹 기술이 성공되면 현혹된 대상은 악마의 편이 되어 말을 따를 수밖에 없게 된다.

설정된 금제를 어기면 저절로 죽게 되기 때문이다.

물론 그러니만큼 현혹의 성공률은 5퍼센트 정도로 무척이나 낮은 편이었다.

그래서 대부분은 이미 회유를 한 다음에 만약의 사태를 대비한 장치 정도로 사용하지만 −플레이어가 승낙한 경우 현혹 스킬은 100%로 작용될 수 있다− 가끔은 도박을 거는 경우도 있었다.

낮은 확률을 지니고 있으니만큼 성공했을 시에는 얻는 것도 많기 때문이다.

'그런 점에서 성공 확률 10%증가는 크지.'

심드렁한 얼굴로 거울 속에 비친 인형 같은 생김새의 백금발 소녀를 들여다보던 강혁은 이내 표정을 겁에 질린 소녀의 모습으로 바꾸었다.

"그럼 시작해볼까."

보기만 해도 처연함이 느껴지는 표정의 아래로 음습한 미소를 숨기며 강혁이 방을 나섰다.

❖

"어떻게 하면 좋지?"

복도로 나선 제이현은 잔뜩 겁에 질려 있었다.

이미 특훈의 기간 동안 10번은 더 넘게 겪었던 게임 환경이었지만 몇 번을 반복해도 두려운 마음이 드는 것은 어쩔 수가 없었던 것이다.

현재 그녀가 들어선 캐릭터는 핸슨이라는 이름을 지닌 중년의 남성이었다.

낡고 찢어진 흰색 가운을 입고 있는 외형에서부터 알 수 있다시피 의사 출신이며 그에 어울리는 치유 관련 특성을 지닌 존재다.

악마에게 희생되는 자들이 늘어나고 그로 인해 악마가

직접적으로 생존자들을 사냥하는 순간이 오면 다치게 되는 사람들을 치유할 수도 있는 훌륭한 특성이었지만, 초반의 단계에는 그다지 쓸모가 없는 기술이다.

[아롱아롱]: 와… 진짜 개 무섭네요. 진짜 실제 같음.

[Dafeil]: 근데 지금 보이는 화면은 누구 시야인가요?

[텔레그램]: 그걸 알 수가 없는 거죠. 바로 그 점을 밝혀야만 하는 게 이 게임의 묘미이구요.

[빅게임맨]: 이 게임 진짜 대작입니다. 한 번 빠지면 정신을 놓고 할 수밖에 없게 되요. 저도 하고 있는데 이거 하나면 따로 공포 영화를 볼 필요가 없음.

[벚꽃]: 근데 이거 처음부터 다들 정체 밝히면 되는 거 아님? 7명이서 팀플하면 악마만 엿 먹을 것 같은데!?

[설명충]: 위엣 분 설명 제대로 안 봤구나. 다들 따로 떨어져서 시작하는데다가 3명이상 모일 수 있는 시간에 제한이 있는데 어떻게 조작을 해요?

[설명충]: 게다가 실제 게임에서 단체 큐를 할 수 있는 인원은 최대 4인입니다. 악마 빼고 나머지 3인은 다른 그룹이라는 뜻이죠.

제이현이 조심스럽게 복도 벽을 짚고서 움직여가고 있는 사이 시청자들은 저마다의 의견으로 정신이 없었다.

기대감을 표현하는 사람들부터 게임의 약점을 지적하는

사람, 그리고 그에 대해 반박하는 사람들까지.

실제로 이번의 경우에는 강혁을 제외한 모두가 한 팀이라는 점에서 '벚꽃'이라는 아이디를 사용하는 시청자의 말이 틀린 점은 없었지만 그 부분에 대해서는 확실한 조정을 해두었다.

별다른 음성채팅 프로그램을 사용하지 않고서 오로지 게임 내에서 제공되는 효과만을 사용하는 것이다.

그러면 누군가는 어차피 다들 옆에 붙어 앉아 있는데 목소리로 다 아는 것이 아니냐고 물을지도 모르겠지만, 바로 그 목소리가 새어나가게 될 일은 없었다.

모든 것은 가상에만 존재하기 때문이다.

최신 VR고글과 대응하는 게임 루시드 드림은 뇌파를 사용하여 게임에 임하는 방식이었다.

육성을 통해서 직접 대화하는 것이 아니라 할 말을 생각하면 그 신호를 읽어내 게임내의 캐릭터가 캐릭터 본연의 목소리로 대사를 토하는 방식인 것이다.

그러므로 작은 소녀도 늙은 남자가 될 수 있었으며, 평범한 남성이 섹시한 여성이 될 수도 있었다.

[주제파악]: 일단 다들 조용하고 게임이나 보죠. 지켜보다보면 누가 누군지도 알 수 있게 될 테니까요.

[황금가지]: 동감입니다. 일단 지켜보죠.

누군가의 중재에 떠들썩하던 채팅창이 조금은 잔잔하게 잦아들었다.

그리고 그 순간,

제이현은 처음으로 누군가와 마주치고 있었다.

"누구요?"

근엄한 중년 남성의 목소리로 토해지는 대사.

그에 복도 끝의 음영 속에 실루엣만이 비추어지던 상대가 머뭇거리다 천천히 모습을 드러낸다.

"그 쪽은 누구시죠?"

"그건…….."

"말할 수 없죠? 저도 마찬가지랍니다. 하지만 통성명 정도는 괜찮겠죠."

"그렇군요."

자연스러운 대화의 흐름에 제이현은 저도 모르게 고개를 끄덕였다.

그에 그림자 속에서 나타난 소녀가 웃으며 말을 잇는다.

"이런 상황에 맞는 말인지는 모르겠지만… 반가워요. 제 이름은 베아트리체라고 한답니다."

"핸슨. 핸슨 블랭크입니다."

짧은 통성명이 오가자 소녀가 화사하게 웃는다.

신비로운 분위기만큼이나 아름다운 미소.

왠지 모르게 보호 본능을 자극하는 그녀의 모습에 제이현은 자신도 모르게 긴장을 풀고 말았다.

'첫 번째 사냥감인가.'

그녀의 반응을 살피며 강혁은 속으로 흥소를 머금었다.

'아직 누구인지는 알 수 없지만⋯⋯.'

이미 첫 대면의 인사만으로도 반 이상은 공략을 성공한 것이나 마찬가지였다.

"위험한 것 같은데⋯ 같이 움직일까요?"

"일단은 그렇게 할까요."

소녀의 제안에 제이현이 고개를 끄덕였다.

악마와의 동행이 될 수도 있지만 어차피 게임 시작 후 5분 동안은 악마가 스킬을 사용할 수가 없다는 것을 알기 때문이었다.

'빨리 다른 사람들과도 만나야 해.'

제이현은 몇 번의 경험을 통해 얻었던 나름의 노하우를 상기시키며 베아트리체와 동료가 되어 함께 움직여가기 시작했다.

❖

"분위기 어때?"

"보면 몰라? 죽여주지."

그 놈의 팬심이 뭔지 자신이 맡은 채널을 후배에게 떠넘기고 서브로 따라붙은 먹성PD의 말에 실험쥐PD가 의기양양하게 고개를 끄덕였다.

"확실히 접속자수랑 채팅창 분위기는 좋네. 그런데⋯⋯."

"그런데?"

"이렇게 가도 되는 거냐? 저런 방식이면 소통은 전혀 못 하는 거 아냐?"

당연한 친우의 걱정에 실험쥐PD는 걱정하지 말라는 듯 손가락을 흔들며 답했다.

"걱정마. 게임은 보통 20~30분 정도면 끝이 나니까. 아무리 길어도 40분 안에는 끝나게 되어 있어."

"그러면 더 문제 아니냐? 게임 하는 것만 내보낼 거야?"

"아! 걱정할 필요 없다니까? 강혁 씨가 뭣 때문에 가면까지 쓰면서 연기를 했다고 생각해?"

"그냥 분위기 고조용 아니었냐?"

살짝 얼빠진 표정으로 물어오는 먹성PD의 말에 실험쥐PD는 강혁이 고글을 쓰고 앉아있는 방향을 쳐다보며 이내 의미심장한 미소를 머금었다.

"당연히 아니지."

"그럼 뭐가 있는데? 음? 설마…!?"

"흐흐, 눈치 챘냐?"

"쏘우 콘셉트니까……."

"바로 그거다."

먹성PD는 방송 처음 강혁이 가면을 쓴 채 말했던 대사의 일부를 떠올렸다.

[실패하거나 포기한다면? 모두 대가를 치르게 될 거야. 어떤 방식으로든 말이지.]

'진짜 벌칙 같은 게 있단 말이지?'

상상을 이어가던 먹성PD는 이내 기대감이 가득한 얼굴로 게임의 진행 화면을 향해 다시금 시선을 옮겼다.

그리고는 옆에서 팔짱을 낀 채로 느긋이 어깨를 펴고 있는 친우의 모습을 힐끗 살피며 입술을 삐죽 내미는 것이다.

'확실히 이번에는 대박 치겠네.'

강혁이라는 배우를 처음 발견한 것도, 팬클럽 회원으로 활동하는 것도 자신이건만 어째서 기회는 저 웬수에게 간 건지 모르겠다는 표정이었다.

[아파치]: 와~ 저게 저렇게 되나?

[미사카미사카]: 소문 듣고 찾아왔습니다.

[공포특급]: 여기가 바로 그 호러게임의 성지입니까?

[제미니]: 벌써 2명 죽었죠? 근데 누가 악마일까요?

[다롤트]: 와… 모르겠네요. 일단 의심 가는 건 베아트리체랑 카인인 것 같은데…….

[혼돈파괴망가]: 저는 베아트리체보다는 앨리스가 더 의심스러운데요…….

게임이 진행되면 될수록 애플트립 채널의 시청자수는 기하급수적으로 늘어가고 있었다.

처음에는 그저 팬들을 바탕으로 시작되었던 숫자가 여기 저기서 소문을 듣고서 찾아온 이들로 인산인해를 이루기 시작한 것이다.

덕분에 다른 채널에서는 갑자기 우수수 사람들이 빠져나 가는 사태들로 곤욕을 치루고 있었지만 어쩔 수 없는 일이 었다.

사람들은 항상 흥미롭고 새로운 것을 원했으며, 지금은 그것이 애플트립의 방송이었기 때문이었다.

저택 맵에서 시작된 게임의 진행도는 현재 모두가 한 번 씩은 다 만난 가운데 2인 1조씩 조를 이루어 악마의 상징물 을 찾아다니기 시작한 시점이었다.

시간으로 따지면 진행 후 약 10여분 정도가 지난 상태.

하지만 생존자들은 벌써 2명의 희생자가 생겨 6명만이 남은 상태였다.

"일단 조를 다시 짜죠. 이 사람이랑은 같이 움직이고 싶 지가 않네요."

"저도 싫거든요? 양웬 씨, 저랑 같이 움직이시겠어 요?"

"저희는 그냥 이대로 움직이고 싶은데요."

"조심해요. 평범할수록 오히려 위험할 수도 있으니까 요."

생존자들은 이제 서로를 향해 의심하고 겁을 주는 말들 을 던지며 배척을 하고 있었다.

나름의 기준을 갖추어 악마 혹은 악마의 추종자처럼 보이는 이들을 거르고 같은 생존자끼리 뭉치고 싶지만 그 역시도 확신할 수는 없기에 의심만이 쌓여가는 것이다.

"그럼 제가 베아트리체 양과 함께 움직이도록 하죠."

"전 잭슨 씨랑."

"대강 팀이 짜진 것 같군요. 모두 건투를 빕니다."

우여곡절 끝에 새롭게 조를 나눈 무리는 제한시간에 아슬아슬하게 맞추어 각자의 방향으로 흩어졌다.

현재까지 발견된 악마의 상징물은 총 2가지.

하지만 제거된 것은 아직 아무것도 없었다.

[비극의미학]: 와… 이거 꿈도 희망도 없는 전개가 보인다.

누군가의 말처럼 게임의 흐름은 점점 더 고조되어가고 있었다.

❖

"안 돼! 이럴 순 없어!"

"네가 악마지?"

"가까이 오지마! 이 배신자!"

이것이 한 게임 내에 나왔던 결정적인 대사들이었다.

서로를 의심하고 배척하며 또한 살기위해 절규하던 이들이 내뱉은 마지막의 외침들.

첫 번째 게임의 결과는 단 한명의 생존자도 없이 모든 생존자들이 희생되는 것으로 끝을 맺었다.

진행시간 30여분 만에 3번째 희생자가 나타나는가 싶더니 힘을 얻은 악마로부터의 본격적인 사냥이 시작되었기 때문이었다.

단 하나의 상징물이라도 파괴하고 악마와 그 추종자를 제외한 최후의 1인이 되었을 경우 임의의 지역에 탈출구가 생성되어 그곳을 찾아내기만 하면 탈출에 성공할 수도 있었지만, 끝내 상징물은 하나도 부서지지 않았고 남아있던 모두는 허무하게 희생되고 말았다.

마지막 생존자마저 희생되고 난 뒤에 나타난 것은 네 번째 희생자였던 베아트리체의 모습이었다.

처연하던 모습은 어디 갔는지 사악한 미소를 머금은 채 나타난 그녀는 마치 화면을 보는 모든 이들을 응시하는 것처럼 허공을 쳐다본다.

그리고 다음 순간,

섬뜩한 미소와 함께 스르륵 눈을 감았다 뜨는 것이다.

"재미있는 유희였군."

마지막 대사와 함께 뜨여진 그녀의 눈동자로는 악마를 뜻하는 검은자위의 붉은색 동공이 깃들어 있었다.

그것이…

게임의 끝을 맺는 마지막 연출 장면이었다.

[비극의미학]: 이거 레알 절망이네요!

[판다독]: 내가 뭐랬어? 베아트리체가 악마라고 했지!?

[혀니러브]: 완전 쫄리네요. 진짜 공포 영화 한 편 본 것 같은 기분:;

[서벌캣]: 스고이~ 너는 인간 학살을 잘하는 프랜즈구나?

[아쿠아]: 근데 정확히 어떻게 된 거임? 실제로 죽은 사람은 7명 뿐 아니었음?

게임의 결말까지 모두 끝을 맺었지만 채팅창에 모여든 사람들은 본방에서 중계방에 이르기까지 하나같이 진정을 못한 채 연신 떠들어대고 있었다.

그만큼이나 루시드 드림의 플레이 영상이 주는 긴장감과 몰입감이 대단했다는 뜻이리라.

게임이 진행되는 동안 처음 제이현의 캐릭터로부터 시작되었던 시야는 상황에 맞추어 적절히 옮겨지며 보는 이들로 하여금 지루할 틈이 없도록 만들어 주었다.

마치 1인칭 촬영 방식으로 만들어진 좀비 영화계의 명작 REC의 기법처럼 바뀌는 시야들이 주요인물 혹은 당사자가 되어 상황들을 객관적으로 비추어주었기 때문이었다.

관전 시점을 이용한 방법으로써 시점의 변환은 지켜보고

있던 게임도우미 옵저버가 조절했으니 기가 막힌 타이밍의 연출은 그의 덕이 큰 셈이다.

일단 간단하게 설명을 하자면.

게임의 흐름은 이런 식으로 진행되었다.

먼저 제이현이 가장 먼저 희생이 되고 강혁은 또 다른 이들과 마주치고는 그들의 행동을 가늠하다가 적당한 상대를 회유한다.

회유된 대상은 공교롭게도 루나로써 카이라고 하는 유럽계 흑인 남자의 몸을 하고 있었다.

자꾸 은밀한 장소를 찾으려 들고 주변의 눈치를 보는 모습에 조용히 다가가 긁어줬더니 자신의 캐릭터에 대한 설명과 함께 숨겨진 설정에 대한 것을 알려주었던 것이다.

싸이코패스 대학생이라는 설정을 지닌 카이는 스스로 믿는 무형의 종교가 있었는데, 그 신의 만족을 위해 무조건 살인을 해야만 한다는 것이다.

즉, 카이라는 캐릭터의 미션은 '생존자 한 명을 들키지 않고 죽일 것'이었다.

거기서 강혁은 루나에게로 추종자를 제안하고 두 사람은 한 팀이 되게 된다.

이후 두 사람은 적절히 붙거나 떨어지면서 나머지 생존자들을 이간질시키고 긴장감 유도를 하며 하나 둘씩 희생자를 만들어냈다.

그런 식으로 흘러가는 동안 3명의 희생자 갱신으로 인해 강혁은 '괴물화'라고 하는 새로운 힘을 개방할 수 있게 된다.

단 둘이 있을 때에만 상대를 해할 수 있는 것이 아니라 직접 돌아다니면서 눈에 띄는 생존자들에게 직접적인 해를 가할 수 있게 되었던 것이다.

스스로 네 번째 희생자가 되는 모습으로 자연스럽게 무대에서 사라진 강혁은 이후 괴물이 되어서 그림자 속을 헤치고 다니며 생존자들을 찾아내 해쳤다.

강혁이 다섯 번째의 희생자를 만들어내는 동안 루나가 같이 다니던 이가 방심한 틈을 타 살인 임무를 성공했다.

그 시점에 남은 생존자는 단 두 명뿐.

팀의 막내인 수아와 귀여움 담당인 희린이었다.

단 둘밖에 남지 않았다는 사실에 두 사람은 마지막까지 꼭 붙어 다녔지만 끝내 절망으로 가는 흐름을 막을 수는 없었다.

결국 둘은 희생되고 말았고 추종자인 카이(루나)는 새로운 악마가 되어 심연 속으로 가라앉았다.

사람들이 혼란에 빠진 것은 바로 그 때문이었다.

옵저버가 어느 순간부터 카이의 시야는 띄우지 않았으며, 마지막 순간에 이르러서는 한 사람의 시점에만 모든 것을 고정한 채로 두었던 것이다.

남은 이들이 어떤 식으로 희생당한 것인지 알 수가 없는 시청자들의 입장에서는 그저 보이지 않던 두 명도 희생되었구나 하고 생각하는 수밖에는 없었다.

[탐정코난]: 내가 장담하건데 아까 희생자들 중에서 분명히 배신자가 있었다.

간간히 이런 식으로 날카로운 추리를 하는 사람도 있었지만 대개는 그저 영화를 보고난 뒤의 카페처럼 감상만을 늘어놓는 것이다.

하지만,

그런 이들의 궁금증은 얼마 지나지 않아 해소될 수 있었다.

[게임은 즐거웠나?]

한동안 들리지 않던 음산한 목소리가 다시금 들리며 화면 가득 소용돌이 가면의 모습이 비추어졌기 때문이었다.

[안타깝게도 모두 죽고 말았군. 하지만 각자의 선택들은 꽤나 흥미로웠어. 물론 결국에는 다 게임오버라고 할 수 있지만 말이야.]

칭찬인지 조롱인지 모를 말을 하며 강혁은 고글을 벗고 깨어난 애플트립 멤버들의 뒤에 서서 사악한 웃음을 흘렸다.

[안타까운 일이지만… 실패의 대가는 치러야겠지?]

선언와 함께 영화 쏘우의 대표곡이라고도 할 수 있는 BGM이 흐르기 시작했다. 그리고는 손을 들어 마치 사신이라도 된 것처럼 선고를 내리기 시작하는 것이다.

[제이현, 아랑, 민아 이 세 사람은 살아남지 못 했을 뿐더러 미션을 완수하지도 못 했지. 벌칙형이다.]

선고가 떨어지기가 무섭게 어둠의 신도처럼 후드를 둘러써 분장한 실험쥐PD가 쪽지들이 담긴 상자를 들고서 나타났다.

[여기에는 팬들과 안티 팬들의 바람이 담긴 가장 부끄러운 일들이 쓰여 있지. 과연 어떤 벌칙들을 받을지 보자고. 클클클.]

종이 상자로 손을 넣어 뒤적거리던 강혁은 순서대로 3개의 쪽지를 꺼내어 펼쳤다.

[먼저 첫 번째 벌칙이다. 멤버들의 민낯이 보고 싶어요. 음… 이건 민아가 좋겠군.]

"아, 안돼요! 쌩얼은 안 된다고요!"

강렬한 반발이 있었지만 강혁은 거침이 없었다.

[두 번째 벌칙이다. 섹시한 코스튬을 입은 모습을 보고 싶어요. 이 경우는 선택지가 3개나 있지. 간호사, 메이드, 치파오 이렇게 3가지다. 선택할 수 있도록.]

강혁의 말이 떨어지기 무섭게 클클 거리던 채팅창으로 폭발적인 스크롤이 올라갔다.

[치파오가 많아 보이는군. 다들 뭔가 아는군 그래. 좋아.

이 벌칙은… 제이현이다!]

"잠깐만요… 의상이 너무 야하잖아요!"

여전히 강혁은 무자비한 집행을 이어갔다.

[세 번째 벌칙이다. 오우~ 이건 좀 쌔군. 인터넷이 떠있는 굴욕사진 중 하나를 골라서 똑같은 모습이 되게 만들어주세요. 당연히 대상자는 아랑이다!]

"아, 안돼에엣!"

아랑이 절규했다.

상대적으로 예능 출연이 잦은 그녀는 열심히 방송에 임하느라 굴욕샷이 찍힌 케이스가 꽤나 많았다.

어찌보면 그녀에게 가장 적합한 벌칙이 나온 것이었다.

[자, 그럼 세 사람은 준비하고 나올 수 있도록. 그리고 앞의 세 사람을 포함해서 루나를 제외한 나머지는 모두 고삼차 형이다!]

생존에는 실패했지만 자신에게 주어진 미션만은 어떻게든 해결했던 세 사람은 고삼차를 마시게 되는 것으로 대가를 받게 되었다.

그로써 모두가 벌칙을 받게 된 것이다.

민낯을 드러낸 민아와 검은색 치파오 차림이 된 제이현, 굴욕샷 사진과 함께 똑같은 모습이 되어서 나타난 아랑은 나머지 멤버와 함께 고삼차를 마시고는 고통에 몸부림치게 되었다.

[루나사랑해]: 와~ 루나가 배신자였다니! 대박!

[민아러브]: 민아야~ 민낯도 완전 사랑한다! 결혼해줘!

[보스위즈]: ㅋㅋㅋㅋㅋ다들 표정 썩는다 썩어ㅋㅋㅋㅋㅋ

[너도나도한방]: ㅋㅋㅋㅋㅋㅋㅋ

[러브크래프트]: ㅋㅋㅋ완전 웃김ㅋㅋ

[진실의문]: 위에 결혼해달라는 놈. 민아는 무슨 죄를 지어서 너 같은 걸 떠안아야 하냐!?

[벚꽃]: 제이현 언니 치파오 완전 예뻐요!

게임의 결과에 따른 애플트립 멤버들의 굴욕 벌칙들은 커다란 반응을 불러일으켰다.

긴장되고 무서웠던 게임의 흐름이 끝을 맺자마자 이어지는 벌칙들이 섬뜩한 세트장의 분위기와는 달리 다소 우스꽝스러운 것들이었기 때문이었다.

이후 애플트립 멤버들은 메인 카메라를 두고서 모여 앉아서 게임의 반성회 및 시청자들과 소통의 시간을 가졌다.

물론 배신을 하고 혼자 벌칙을 피해간 루나에 대한 철퇴도 잊지 않았다.

그러는 사이 1부의 시간이 끝을 맺었다.

당연하게도 전반전 1등을 차지한 것은 애플트립이었다.

프로 마술사 강금결과 인기 아이돌 그룹 철갑소년단이 경쟁 상대였음에도 압도적인 격차로 1등의 자리를 쟁취해낸 것이다.

고정 멤버이기도 한 강주라 마저도 이번에는 술과 야식이라는 제법 흥미로운 주제를 들고 나와서 선방을 했음에도 불구하고 대세를 거스를 수는 없었다.

전반전 1위를 한 애플트립 채널의 시청자 수는 총 22847명으로써 2등인 강금결의 방 8327명과 압도적인 차이를 냈다.

"와우~ 다들 수고하셨습니다!"

"으으… 죽겠어요…!"

"음료수 없어요? 아직까지 혀에서 쓴 맛이 나는데?"

"후반전에도 이 옷 입고 해야 하는 건 아니죠?"

방송 송출이 멈추고 실험쥐PD의 격려가 떨어지기가 무섭게 똘망똘망하게 눈을 뜨고 있던 애플트립 멤버들이 일제히 늘어지며 여기저기로 흩어진다.

어두컴컴하던 거실이 밝아지고 주변이 부산해지기 시작하자 강혁은 그제야 뒤집어쓰고 있던 가면을 벗고는 가볍게 호흡을 토했다.

'이만하면 대성공이라고 봐도 되겠지?'

징징대고 있긴 해도 애플트립 멤버들의 얼굴은 하나 같이 다 밝았다. 비단 1등이라는 산출적 가치가 아니더라도 방송 자체가 성공적으로 이루어졌음을 짐작할 수 있기 때문이리라.

'PD는 아예 입이 찢어질 지경이고 말이지.'

실험쥐PD는 실시간 반응들을 보며 자꾸만 입꼬리가 말려 올라가는 것을 참지를 못하고 있었다.

하기야, 방송 중반부터 각종 포털 사이트의 검색어 순위의 상위권을 애플트립 방송과 관련된 키워드들이 독식하고 있다시피 했으니 웃음이 나올 만도 하다.

참고로 국내 최대 포털사이트인 데이버의 기준으로 검색어 1위는 애플트립, 2위는 루시드 드림, 3위는 신사가면이었다.

혹시나 해서 미리 설명해두자면,

신사가면은 강혁을 뜻하는 단어였다.

두 번째 벌칙에서 지정된 코스튬의 종류부터 그에 대한 발언들까지 진정한 신사의 귀감이라나?

아무튼, 그 외에도 10위권 안에는 제이현 치파오라던가, 고삼차 등등 방송과 관련된 키워드들이 속속들이 차지하고 있었다.

그런 지경이니 이번 방송의 반향이 얼마나 대단한지는 굳이 더 설명을 하지 않아도 알 수 있으리라.

'후반전도 이런 식으로만 가면 되겠어.'

후반전에는 시청자들과 함께 하는 게임이었다.

전반전 종료의 말미에 게임이 있는 사람은 함께 해달라는 글을 남겼고 모여든 사람들은 아예 새로 게임을 구매하는 이들까지 나타나며 폭발적인 신청이 달리고 있었다.

방송을 종료한지 이제 5분 정도밖에 안 지났는데 벌써 3천 건이 넘는 신청이 쌓였다니 그 열기를 알만 하리라.

후반전에서 애플트립 멤버들은 대표 3명만을 뽑아서 게임에 들어서고 나머지 멤버들은 관전 화면을 통해 상황을 추리하고 중계하는 방식으로 방송의 흐름을 이어간다.

전반전에서는 몰입감 자체에 집중하느라 소홀해질 수밖에 없었던 '소통'이라는 부분을 만족시키면서 게임의 흐름에 익숙해진 시청자들에게 신선한 느낌도 주는 것이다.

게다가 무려 네 자리가 시청자들의 자리였다.

사실상 어느 정도는 정해진 각본을 따라 이어졌다고 봐도 무방한 전반전과는 달리 후반전의 게임은 시청자들의 반응에 따라 수많은 변수가 발생할 수 있었다.

'그 자체만으로도 재미인 거지'

아무 것도 모르는 처음부터 무작정 게임 관전 및 해설을 해댔다면 오히려 몰입을 해칠 우려가 있지만, 이미 한 번 게임의 흐름을 지켜봤던 사람들은 이제 스스로 몰입할 수 있는 기틀이 잡혔다.

각자의 방식으로 관전의 포인트를 잡는다는 말이다.

거기서 게임에 참가하지 않는 4명의 멤버들은 시청자와 비슷한 입장이 될 예정이었다.

축구 경기를 보며 친구들이 모여서 경기의 흐름에 따라 마음대로 떠들어대고 즐기는 것처럼 애플트립 멤버들이 저마다의 반응을 보이며 떠드는 만큼 시청자들도 함께 소통하게 되는 것이다.

1시간의 휴식 후 시작된 후반전 방송.

결과는 예상대로 성공적이었다.

[레더맨]: 소문 듣고 왔습니다! 빨리 시작해주세요!

[킹아서]: 이 순간을 위해 제가 이번 달 용돈을 다 털어서 게임을 샀습니다. 제발 당첨되길!

[프로불편러]: 근데 이거 특정 게임 광고하는 거 아닌가요? 알고 보면 돈 받은 거 아님? 이런 거 보면 좀 불편하네요.

[하고싶은말]: 난 네 존재가 더 불편해 병신아!

[Taker]: 게임이라면 저도 빠질 수 없죠.

[Raintime]: 동감입니다.

전반전이 근래에는 찾아보기 힘들 정도로 대 성공을 거두면서 일반적인 마리비의 시청자 층뿐만 아니라 각종 스트리머, 게이머 등등 다양한 사람들이 몰리기 시작했기 때문이었다.

이러한 사태를 예상이라도 했는지 실험쥐PD가 쉬는 시간 동안 서버를 손보고 추가로 증설을 해둔 탓에 다행히 방송이 터진다던가 하는 일이 발생하지는 않았다.

후반전은 미리 공지했듯 시청자들과 함께 하는 게임이었다.

최종 8247명이나 되는 지원자들 중에서 랜덤으로 뽑힌 4명의 시청자는 기뻐하며 게임에 응했다.

그렇게 시작된 두 번째의 게임.

이번에도 설정된 맵은 버려진 병원이었다.

그저 걷는 것만으로도 섬뜩한 기분이 저절로 들 수밖에 없는 환경 속에서 생존자들의 저마다의 위치에서 깨어나 움직여가기 시작했다.

강혁은 이번에도 악마로써 참전.

이번에 선택된 캐릭터는 운동계의 젊은 남자였다.

외형처럼 육체적인 능력에 집중이 된 타입의 캐릭터.

'이것도 나쁘진 않지.'

적어도 체형의 차이나 성별의 차이에서 오는 괴리감까지 숨기며 연기를 하진 않아도 되니까.

강혁은 나름의 만족과 함께 본격적인 사냥을 위해 움직이기 시작했다.

하지만,

게임의 흐름은 전반전과는 사뭇 다르게 흘러갔다.

콰직!

"!?"

강혁이 채 누군가와 마주치기도 전에 상징물이 부서졌다는 효과음이 들려왔기 때문이었다.

'하… 과연 경험자란 말이지?'

지금 타이밍에 상징물이 깨어지는 것은 사실 루시드 드림의 실제 생존자 유저들 사이에서 유행하는 트렌드였다.

상대가 악마든 아니든 어차피 소모되는 영혼은 반쪽에 불과하고 그것 역시도 랜덤으로 주어지게 된다.

그러니까 일단 두 명이 모인 채로 상징물을 발견하게 되면 일단 부수고 보는 것이다.

그것을 통해 악마에게 힘이 들어가게 된다고 해도 어차피 반쪽만이 흡수되었을 뿐이니 악마가 곧장 강해지는 것은 아니었으며, 생존자끼리라면 둘 중 한명의 영혼이 반쯤 사라지는 것 외에는 아무런 피해요소가 없으니까.

"조금 서둘러야겠어."

다소 느긋하게 움직이고 있던 강혁은 걸음에 박차를 가했다. 그리고 그런 사이 또 하나의 비보가 들려왔다.

-끄아아아악!

[첫 번째 희생자가 나왔군요. 남은 생존자는 총 7명입니다.]

비명소리와 함께 첫 번째 희생자가 나타난 것이다.

강혁이 움직이기도 전에 나타난 희생자였다.

'이건 또 살인마형 플레이어인가.'

랜덤으로 뽑힌 건데 실로 다양한 유저들이 선택된 듯 했다.

강혁은 희열인지 불만인지 모를 미소를 입가에 머금은 채로 좀 더 진지하게 게임에 몰입했다.

[아이리스]: 와… 이제야 숨 쉰다. 숨 막혀 뒤지는 줄!

[빅감탄맨]: 이거 장르가 심리 공포에서 스릴러 공포로 바뀌었네요! 진짜 숨 막히는 전개였습니다!

[루나사랑해]: 어… 이 게임 왠지 저도 끌리네요. 혹시 이 거 가격 아시는 분 있나요?

[혼파망]: 게임 가격은 36000원이에요. 게임 퀄리티에 비하면 엄청난 혜자죠. 근데 최신VR고글의 가격이 좀 쎕니 다. 아마 한 15만 원쯤인가 할 거임.

두 번째 게임은 정확히 30분 만에 끝이 났다.

뭘 좀 아는 게이머들의 선동과 살인마형 게이머의 활약 (?)으로 인해 죽음이 나타나는 속도가 가속화됐기 때문이었 다.

살인마형 게이머는 강혁에게 발각되어 죽음을 맞이했 다.

그때가 게임 시작 이후 10분이 지난 시점.

남은 생존자는 고작 3명뿐일 때였다.

하지만 일반적인 흐름과는 달리 남은 2명의 생존자들은 무척이나 잘 버텼다.

이미 6개의 상징물들 중 4개가 파괴된 상태였으며, 남은 두 사람은 영혼의 손실이 하나도 없었기 때문이었다.

더군다나 살인마형 플레이어가 2명을 죽임으로 인해서 강혁이 영혼을 흡수한 대상은 살인마형 플레이어를 포함하여 2명뿐이었다.

악마의 힘을 개방할 수가 없었다는 뜻이다.

다행히 남아있는 생존자들의 캐릭터는 둘 다 가녀린 체형의 여성이었기 때문에 인간 형태인 강혁으로서도 충분히 위협을 가할 수 있었지만 역시나 상대는 만만치가 않았다.

습격해서 한 명을 끌고 가려고 하면 어떻게든 따라붙어서 방해를 하고 다시 도망을 가는 방식으로 계속해서 시간을 끌었던 것이다.

사실 잘하는 것은 둘 중 한명 뿐이었다.

혼자서 구조물을 이용하고 도구를 사용하면서 계속해서 동료를 지키고 강혁을 방해하며 시간을 끌었다.

아마도 남은 둘 중 하나는 애플트립 멤버이고, 다른 한명이 시청자 게이머인 거겠지.

아무튼, 게임의 흐름은 결국 강혁이 승리를 따내는 것으로 끝을 맺었다.

하지만 전반전 때처럼 완전한 승리는 아니었다.

끝내 한 명의 생존자가 살아서 나갔기 때문이었다.

'천추의 한이다 진짜!'

애플트립 멤버로 추정되는 캐릭터가 붙잡혀서 끝내 영혼이 흡수되어 희생되자 마지막 생존자는 뒤도 보지 않고서 달아나서 몸을 숨기는가 싶더니 결국 생성된 탈출구를 찾아내서 살아나는데 성공했다.

강혁은 코앞에서 마지막 생존자를 놓치고 말았다.

드디어 괴물화를 성공해서 뛰어난 기동력과 기척 탐지의 능력으로 추적에 힘썼지만 결국 놓치고 말았다.

하필이면 마지막 생존자가 숨어있던 장소와 그리 멀지 않은 위치로 탈출구가 생성되었기 때문이었다.

'운빨 좆망겜!'

그렇게 강혁이 생각지도 못한 분노에 휩싸이게 된 일도 있었지만 방송은 성공적이었다.

결국 한판 더 하기로 한 애플트립은 첫판 배신자였던 루나를 제외한 나머지 멤버들끼리 자리를 교체해서 다시금 게임을 진행했다.

시청자 플레이어 역시 새로운 사람들로 교체되었다.

그렇게 이어진 게임에서 강혁은 전판의 설욕을 하기라도 하듯 올킬을 달성했다.

사람들이 모이기 힘든 숲 속 맵이 걸린 데다가 하필이면 강혁에게 선택된 캐릭터가 연쇄살인마라는 특성을 지닌 캐릭터였기 때문이었다.

회유도 없이 처음부터 몸을 숨기고 사냥을 시작한 강혁은 게임 시작 20분 만에 모두를 희생시키는데 성공했다.

[판다독]: 와~ 이번에는 무슨 슬래셔 무비냐? 뭔 생존자들이 저리 순식간에 픽픽 죽어나가냐……

[악마섹시해]: 이건 그냥 악마가 잘하는 거인 듯. 제가 이 게임 플레이타임 30시간이 넘지만 저런 악마 플레이어는 한 번도 못 만나봄.

[라치]: 근데 시간이 많이 남았는데 한판 더 하나요?

[프레리독]: 한판 더! 한판 더!

[데드맨워킹]: 벌칙 타임이나 갑시다! 벌칙 없나요!?

시간상 게임 한판 정도는 더 할 시간이 충분했지만 그 이상 게임을 진행하지는 않았다.

이쪽은 전문 게임 스트리머도 아니고 그저 단발성의 컨텐츠 생성에 불과한 경우이기 때문이다.

무엇보다도 그렇게 시간을 소모했다간 여기까지 끌어올렸던 화제성을 이용할 수 있는 타이밍을 잃어버리게 된다.

[자~ 모두들 기다리고 기다리던 벌칙시간이다!]

다시 분위기를 잡고 나타난 강혁은 신사가면이라는 별칭에 맞게 음흉한 기색을 드러내며 시청자들에게 직접 멤버들에게 맞는 각자의 벌칙을 요구했다.

벌칙의 내용들은 다양했다.

섹시하거나 우스꽝스러운 코스튬을 시키고 싶다던가.

평범하게 노래 혹은 댄스를 시킨다던가.

물론 단체 벌칙도 당연히 집행되었다.

건강 주스를 먹고서 찌푸려진 멤버들의 표정은 화면을 지켜보는 모두에게 즐거움을 주었다.

–후반전 종료까지 10분 남았습니다!

그렇게 시청자들과 소통하며 즐기는 사이 어느덧 방송 종료시간이 다가왔다.

'슬슬 때가 됐군.'

시간을 가늠한 강혁은 미리 준비했던 데로 루나에게 신호를 주었다.

"저기 근데 그 가면은 계속 쓰고 있을 건가요?"

"나 말인가?"

"가면 쓴 사람은 그 쪽뿐이잖아요."

루나라는 이름이 지닌 캐릭터성 그대로 통통 튀는 말투로 꺼낸 추궁에 시청자들 역시 열화와 같은 반응을 보내며 동조하는 글들을 올리기 시작했다.

딱 예상했던 그대로의 분위기.

강혁은 몇 마디 더 말을 나누며 뜸을 들이다가 적당한 시기에 가면을 벗었다.

[아돌프]: 응? 누구신지?

[민아러브]: 어? 나 저 사람 어디서 본적 있는 것 같은데?

[다롤트]: 어디 못 뜬 배우 같은 거 아니냐? 아니면 소속사에서 밀려고 하는 아이돌 멤버라던가…….

[러브크래프트]: 그러기에는 눈에 너무 익는데…….

강혁을 보고난 뒤의 반응은 과연 심드렁했다.

누군가가 갑자기 소리치며 나서기 전까지만 해도 말이다.

[데드맨워킹]: 헐! 이런 미친! 네들 뭔 개소리를 하고 있는 거야? 강혁이잖아! 미드 데드문에 나왔던 싸이코패스 살인마 제프 역으로 나왔던 그 강혁!

[러브크래프트]: 아! 맞다! 진짜네!? 헐… 거물이 등장했다!

[벚꽃]: 꺄아악~ 강혁 오빠! 카리스마 쩔어요!

그렇게 분위기가 잡혀준 덕분에 강혁은 한결 더 편하게 자신에 대한 소개를 알릴 수 있었다.

어째서 이번 방송에 참여하게 되었는지, 애플트립 멤버와는 어떤 관계에 있는지, 그리고 노골적으로 촬영 중인 영화에 대한 광고까지 하면서 말이다.

"그럼 애플트립 멤버들 많이 사랑해주시구요. 아마 여름쯤에 개봉될 제 영화 '달무리'에 대한 것도 많은 관심 부탁드립니다. 지금까지 즐거웠습니다."

"모두모두 재밌었어요!"

"언제 또 이런 기회가 있기를!"

"전 이 게임 계속할 예정이니까 같이 하실 분은 친추 주세요. 방송 끝나고 트위터에 제 아이디 올려놓을게요."

모두가 아쉬움을 담은 인사를 건네며 방송이 마무리 지어졌다.

루나 같은 경우에는 첫 판 이후 게임을 못하고 지켜보기만 했던 게 마음이 걸렸는지 계속해서 게이머로 남겠다는 공지를 남겼다.

"다들 수고하셨습니다!"

"수고했어."

"수고했어요 오빠!"

"고생했어요~!"

훈훈한 마지막 인사와 함께 스태프들과 인사까지 마친 강혁과 애플트립 멤버들은 곧장 자신의 침대로 향했다.

어느덧 새벽 2시가 다 되기도 했고, 내일도 각자의 스케줄들이 있기 때문이었다.

특히나 애플트립의 경우 워낙에 폭발적인 반응이 있어서인지 묻혔던 타이틀곡들이 다시 떠오르며 차트 역주행을 시작했으며, 새벽에도 불구하고 각종 방송국에서 섭외 전화가 올 정도로 대단히 핫 해진 상태였다.

사실 섭외 관련 문의는 애플트립 보다 강혁 쪽에 더 많이 몰렸지만 그 부분에 대해서는 김상욱 사장이 잘 커버를 친 모양이었다.

그리고 날이 밝았다.

"여어~ 우리 복덩이!"

"아니, 간밤에 대체 뭔 짓을 한 거야? 하하핫!"

"이 분위기면 진짜 이번 영화 대박치겠는데?"

날이 바뀌었음에도 여전히 검색어 순위 상위권 내에 머물러 있는 영화 '달무리'에 대한 반응에 다들 표정이 밝았다.

특히나 감독의 경우는 물 들어올 때 노를 저어라는 격언처럼 이 기회를 놓칠 생각이 없어 보였다.

설정되어 있던 스케줄을 조정하여 임팩트 있는 신을 몰아서 찍기로 한 것이다.

관심이 몰려 있을 때에 얼른 예고편 영상을 편집해 올리기 위함이었다.

"자~ 그럼 모두 힘내봅시다!"

"네!"

"파이팅!"

밝은 분위기 속에서 촬영장으로 한바탕 열정의 파도가 몰아쳤다.

〈6권에 계속〉

북두 **랑느** 현대판타지 장편소설
NEO MODERN FANTASY STORY

프로게이머
PROGAMER

코치 권진욱,
손목이 멀쩡하던 때로 돌아가다.

선수가 되고 싶었던 프로게이머 권진욱.
선행을 베풀다 손목을 다쳐 꿈을 함께 잃고 코치 생활을 전전한다.
노력과 함께 세월이 흘러 전설적인 코치로 이름을 남기게 되지만
선수로서 이루지 못한 꿈들이 자꾸 눈에 밟힌다.

그러던 와중 또 한 번의 사고를 당하고 선행을 결심한 순간,
손목이 멀쩡하던 과거로 돌아온다.

풍부한 경험과 노하우를 바탕으로
최고의 프로게이머로 거듭나다!